*Mysterious Women*
*Gespenstische Frauen*

Vier Erzählungen

Ausgewählt und übersetzt
von Anne Rademacher

Deutscher Taschenbuch Verlag

dtv zweisprachig · Edition Langewiesche-Brandt
herausgegeben von Kristof Wachinger

Originalausgabe
Februar 2004
© Deutscher Taschenbuch Verlag GmbH Co. KG, München
www.dtv.de
Umschlagkonzept: Balk & Brumshagen
Umschlagbild: «Oberon, Titania und Puck tanzen mit Feen»
(1785) von William Blake (1757–1827)
Satz: Greiner & Reichel, Köln
Druck und Bindung: Kösel, Kempten
Gedruckt auf säurefreiem, chlorfrei gebleichtem Papier
ISBN 3-423-09431-1. Printed in Germany

# Inhalt

# Elizabeth Gaskell
## The old nurse's story

You know, my dears, that your mother was an orphan, and an only child; and I dare say you have
heard that your grandfather was a clergyman up in
Westmoreland, where I come from. I was just a girl
in the village school, when, one day, your grand-
mother came in to ask the mistress if there was any
scholar there who would do for a nurse-maid; and
mighty proud I was, I can tell ye, when the mistress
called me up, and spoke to my being a good girl at
my needle, and a steady honest girl, and one whose
parents were very respectable, though they might
be poor. I thought I should like nothing better than
to serve the pretty young lady, who was blushing as
deep as I was, as she spoke of the coming baby, and
what I should have to do with it. However, I see you
don't care so much for this part of my story, as for
what you think is to come, so I'll tell you at once.
I was engaged and settled at the parsonage before
Miss Rosamond (that was the baby, who is now your
mother) was born. To be sure, I had little enough to
do with her when she came, for she was never out
of her mother's arms, and slept by her all night long;
and proud enough was I sometimes when missis
trusted her to me. There never was such a baby before
or since, though you've all of you been fine enough
in your turns; but for sweet, winning ways, you've
none of you come up to your mother. She took after
her mother, who was a real lady born; a Miss Furni-

# Elizabeth Gaskell
## Die Geschichte der alten Amme

Ihr wisst, meine Lieben, dass eure Mutter ein Waisen- und Einzelkind war und euer Großvater, wie ihr wohl gehört habt, Geistlicher oben im Westmoreland, meiner Heimat. Ich war noch ein Kind und besuchte die Dorfschule, als uns eines Tages eure Großmutter besuchte und sich bei der Lehrerin nach einer Schülerin erkundigte, die sich zum Kindermädchen eigne. Ich kann euch sagen, ich war mächtig stolz, als die Lehrerin mich aufrief und bestätigte, dass ich geschickt mit der Nadel und ein ausgeglichenes, ehrliches Mädchen sei, dessen Eltern vielleicht arm, aber sehr anständig wären. Ich konnte mir nichts Schöneres vorstellen, als der hübschen jungen Lady zu dienen, die genauso tief errötete wie ich, als sie von dem Baby sprach, das unterwegs war, und mir erklärte, was ich mit ihm zu tun hätte. Doch wie ich sehe, interessiert euch dieser Teil meiner Geschichte nicht so sehr wie das, was ihr noch erwartet, also erzähle ich es euch gleich. Noch bevor Miss Rosamond (die jetzt eure Mutter ist, aber damals das Baby war) auf die Welt kam, wurde ich eingestellt und zog ins Pfarrhaus. Als sie dann da war, hatte ich freilich nur wenig Arbeit mit ihr, denn ihre Mutter ließ sie nie aus den Armen, und sie schlief die ganze Nacht bei ihr. Wie stolz war ich, wenn die gnädige Frau sie mir einmal anvertraute! Ein Baby wie sie hat es nie gegeben und wird es nie mehr geben, und obwohl ihr jedes zu seiner Zeit nicht übel wart, ist keines von euch an die liebliche, einnehmende Art eurer Mutter herangekommen. Sie schlug nach ihrer Mutter, die von Geburt eine richtige Lady war, eine Miss Furnivall, Enkelin des Lord Furnivall in Northumber-

vall, a granddaughter of Lord Furnivall's, in Northumberland. I believe she had neither brother nor sister, and had been brought up in my lord's family till she had married your grandfather, who was just a curate, son to a shopkeeper in Carlisle – but a clever, fine gentleman as ever was – and one who was a right-down hard worker in his parish, which was very wide, and scattered all abroad over the Westmoreland Fells. When your mother, little Miss Rosamond, was about four or five years old, both her parents died in a fortnight – one after the other. Ah! that was a sad time. My pretty young mistress and me was looking for another baby, when my master came home from one of his long rides, wet, and tired, and took the fever he died of; and then she never held up her head again, but just lived to see her dead baby, and have it laid on her breast before she sighed away her life. My mistress had asked me, on her death-bed, never to leave Miss Rosamond; but if she had never spoken a word, I would have gone with the little child to the end of the world.

The next thing, and before we had well stilled our sobs, the executors and guardians came to settle the affairs. They were my poor young mistress's own cousin, Lord Furnivall, and Mr Esthwaite, my master's brother, a shopkeeper in Manchester; not so well-to-do then as he was afterwards, and with a large family rising about him. Well! I don't know if it were their settling, or because of a letter my mistress wrote on her death-bed to her cousin, my lord; but somehow it was settled that Miss Rosamond and me were to go to Furnivall Manor House,

land. Ich glaube, sie hatte weder Bruder noch Schwester und lebte in der Familie meines Herrn, bis sie euren Großvater heiratete, der zwar nur Hilfspfarrer und der Sohn eines Ladenbesitzers in Carlisle war, aber ein so kluger und feiner Gentleman, wie man ihn sich nur vorstellen kann. Er arbeitete wirklich hart in seinem Pfarrbezirk, der sehr groß war und sich über die gesamten Westmoreland Fells erstreckte. Als eure Mutter, die kleine Miss Rosamond, vier oder fünf Jahre alt war, starben ihr innerhalb von vierzehn Tagen beide Eltern weg. Ach, das war eine traurige Zeit! Meine hübsche junge Herrin und ich freuten uns gerade auf ein weiteres Baby, als mein Herr nach einem seiner langen Ausritte durchnässt und müde nach Hause kam und am Fieber erkrankte. Bald starb er daran, und von diesem Schlag erholte sich meine Herrin nicht mehr; sie erlebte noch die Geburt ihres toten Babys, ließ es sich an die Brust legen und seufzte ihr Leben aus. Auf dem Totenbett hatte sie mich gebeten, Miss Rosamond niemals zu verlassen, doch selbst wenn sie kein Wort davon gesagt hätte, wäre ich mit dem kleinen Kind bis ans Ende der Welt gegangen.

Als nächstes kamen, noch bevor sich unser Schluchzen richtig beruhigt hatte, die Erbschaftsverwalter und Vormünder, um alles zu regeln. Es handelte sich um Lord Furnivall, den Vetter meiner armen jungen Herrin, und den Bruder meines Herrn, Mr. Esthwaite, der einen Laden in Manchester besaß, damals noch nicht so wohlhabend war wie später und eine große, wachsende Familie um sich scharte. Nun, ich weiß nicht, ob es ihr Betreiben war oder ob es an dem Brief lag, den meine Herrin auf dem Totenbett an ihren Vetter, meinen Herrn, geschrieben hatte, doch aus irgendeinem Grund wurde beschlossen, dass Miss Rosamond und ich ins Herrenhaus von Furnivall in Northumberland ziehen sollten. Mein Herr

in Northumberland, and my lord spoke as if it had been her mother's wish that she should live with his family, and as if he had no objections, for that one or two more or less could make no difference in so grand household. So though that was not the way in which I should have wished the coming of my bright and pretty pet to have been looked at – who was like a sunbeam in any family, be it never so grand – I was well pleased that all the folks in the Dale should stare and admire, when they heard I was going to be young lady's maid at my Lord Furnivall's at Furnivall Manor.

But I made a mistake in thinking we were to go and live where my lord did. It turned out that the family had left Furnivall Manor House fifty years or more. I could not hear that my poor young mistress had ever been there, though she had been brought up in the family; and I was sorry for that, for I should have like Miss Rosamond's youth to have passed where her mother's had been.

My lord's gentleman, from whom I asked so many questions at I durst, said that the Manor House was at the foot of the Cumberland Fells, and a very grand place; that an old Miss Furnivall, a great-aunt of my lord's, lived there, with only a few servants; but that it was a very healthy place, and my lord had thought that it would suit Miss Rosamond very well for a few years, and that her being there might perhaps amuse his old aunt.

I was bidden by my lord to have Miss Rosamond's things ready by a certain day. He was a stern proud man, as they say all the Lords Furnivall were; and he

sprach so, als sei es der Wunsch ihrer Mutter gewesen, dass sie bei seiner Familie lebe, wogegen er nichts einzuwenden habe, da ein oder zwei Personen mehr oder weniger in einem so großen Haushalt nicht auffallen würden. Auch wenn ich mir gewünscht hätte, dass man der Ankunft meines munteren, hübschen Lieblings – der wie ein Sonnenstrahl in jeder noch so vornehmen Familie war – mit einer etwas anderen Einstellung entgegensähe, gefiel es mir durchaus, dass alle Leute im Tal mich anstarren und bewundern würden, wenn sie hörten, dass ich demnächst das Kindermädchen einer jungen Dame auf dem Herrenhaus des Lords von Furnivall sein würde.

Doch es war ein Fehler zu denken, wir würden im selben Haus wie mein Herr unterkommen und leben. Es stellte sich heraus, dass die Familie das Herrenhaus von Furnivall vor mehr als fünfzig Jahren verlassen hatte. Obwohl meine arme junge Herrin in der Familie aufgewachsen war, hörte ich nichts davon, dass sie jemals dort gewesen wäre, was ich bedauerte, denn es hätte mir gefallen, wenn Miss Rosamond ihre Jugend am selben Ort verbracht hätte wie ihre Mutter.

Der Diener meines Herrn, dem ich so viele Fragen stellte, wie ich wagte, sagte, das Herrenhaus liege am Fuß der Cumberland Fells und sei ein sehr prächtiges Anwesen. Dort lebe nur noch eine alte Miss Furnivall, eine Großtante meines Herrn, mit ein paar Bediensteten, aber es sei eine sehr gesunde Gegend und mein Herr sei der Meinung, dass sie Miss Rosamond ein paar Jahre lang sehr gut bekommen würde, außerdem könne ihre Anwesenheit seine alte Tante vielleicht aufheitern.

Mein Herr bat mich, Miss Rosamonds Sachen bis zu einem bestimmten Tag herzurichten. Er war ein strenger, stolzer Mann, wie es von allen Lords der Furnivalls heißt, und

never spoke a word more than was necessary. Folk did say he had loved my young mistress; but that, because she knew that his father would object, she would never listen to him, and married Mr Esthwaite; but I don't know. He never married, at any rate. But he never took much notice of Miss Rosamond; which I thought he might have done if he had cared for her dead mother. He sent his gentleman with us to the Manor House, telling him to join him at Newcastle that same evening; so there was no great length of time for him to make us known to all the strangers before he, too, shook us off; and we were left, two lonely young things (I was not eighteen), in the great old Manor House. It seems like yesterday that we drove there. We had left our own dear parsonage very early, and we had both cried as if our hearts would break, though we were travelling in my lord's carriage, which I thought so much of once. And now it was long past noon on a September day, and we stopped to change horses for the last time at a little smoky town, all full of colliers and miners. Miss Rosamond had fallen asleep, but Mr Henry told me to waken her, that she might see the park and the Manor House as we drove up. I thought it rather a pity; but I did what he bade me, for fear he should complain of me to my lord. We had left all signs of a town, or even a village, and were then inside the gates of a large wild park – not like the parks here in the north, but with rocks, and the noise of running water, and gnarled thorn-trees, and old oaks, all white and peeled with age.

sprach nie ein Wort mehr als nötig. Die Leute erzählten sich, er habe meine junge Herrin geliebt, dass sie ihn aber nie erhört und Mr. Esthwaite geheiratet habe, weil sie wusste, dass ihr Vater gegen ihn sein würde. Ich weiß nicht, was daran wahr ist, auf jeden Fall hat er nie geheiratet. Von Miss Rosamond nahm er allerdings kaum Notiz, was er, wenn ihm einst an ihrer toten Mutter gelegen haben sollte, doch sicher getan hätte. Er schickte seinen Diener mit uns zum Herrenhaus und wies ihn an, sich noch am selben Abend wieder mit ihm in Newcastle zu treffen. Dem Diener blieb also nicht viel Zeit, uns all den Fremden vorzustellen, bevor auch er sich wieder davonmachte und uns zwei junge Dinger (ich war noch keine achtzehn) einsam in dem großen alten Herrenhaus zurückließ. Unsere Fahrt dorthin kommt mir wie gestern vor. Sehr früh am Morgen hatten wir unser liebes Pfarrhaus verlassen, und obwohl wir in der Kutsche meines Herrn reisten, was mir früher viel bedeutet hätte, weinten wir beide herzzerreißend. Jetzt war es weit nach Mittag an einem Septembertag, und wir machten in einer rauchgrauen kleinen Stadt voller Bergleute und Minenarbeiter ein letztes Mal Halt, um die Pferde zu wechseln. Miss Rosamond war eingeschlafen, doch Mr. Henry wies mich an, sie aufzuwecken, damit sie den Park und das Herrenhaus sehen konnte, wenn wir dort hinauffuhren. Obwohl ich es eigentlich schade fand, kam ich seiner Bitte nach, denn ich hatte Angst, er könnte sich bei meinem Herrn über mich beklagen. Wir hatten alles hinter uns gelassen, was nach einer Stadt oder selbst einem Dorf aussah, und befanden uns innerhalb der Tore eines großen, wilden Parks – anders als in den Parks hier im Norden gab es Felsen, das Plätschern eines Bachlaufs, knorrige Dornensträucher und alte Eichen, die im Lauf der Jahre ganz weiß geworden und ihre Rinde verloren hatten.

The road went up about two miles, and then we saw a great and stately house, with many trees close around it, so close that in some places their branches dragged against the walls when the wind blew; and some hung broken down; for no one seemed to take much charge of the place, – to lop the wood, or to keep the moss-covered carriageway in order. Only in front of the house all was clear. The great oval drive was without a weed; and neither tree nor creeper was allowed to grow over the long, many-windowed front; at both sides of which a wing projected, which were each the ends of other side fronts; for the house, although it was so desolate, was even grander than I expected. Behind it rose the Fells, which seemed unenclosed and bare enough; and on the left hand of the house, as you stood facing it, was a little, old-fashioned flower-garden, as I found out afterwards. A door opened out upon it from the west front; it had been scooped out of the thick dark wood for some old Lady Furnival; but the branches of the great forest trees had grown and overshadowed it again, and there were very few flowers that would live there at that time.

When we drove up to the great front entrance, and went into the hall, I thought we should be lost – it was so large, and vast, and grand. There was a chandelier all of bronze, hung down from the middle of the ceiling; and I had never seen one before, and looked at it all in amaze. Then, at one end of the hall, was a great fireplace, as large as the sides of the houses in my country, with massy andirons and dogs to hold the wood; and by it were heavy old-fashioned

Die Straße führte ungefähr zwei Meilen bergauf, und dann erblickten wir ein großes, stattliches Haus, von vielen Bäumen dicht umdrängt, so dicht, dass ihre Äste, wenn der Wind blies, an manchen Stellen über die Wände strichen. Einige Zweige hingen abgebrochen herab, denn niemand schien sich besonders um das Anwesen zu kümmern, die Bäume zu beschneiden oder den von Moos überwucherten Weg in Ordnung zu halten. Nur vor dem Haus war alles sauber. Die große, geschwungene Auffahrt war frei von Unkraut, kein Baum und keine Kletterpflanze durften an der langen Gebäudefront mit den vielen Fenstern wachsen, an deren Seiten jeweils ein Flügel vorsprang. Diese Flügel stellten wiederum das Ende anderer Seitenfronten dar, denn das Haus war, so einsam es auch lag, imposanter, als ich erwartet hatte. Hinter ihm erhoben sich die Fells, die recht unzivilisiert und öde wirkten, und auf der linken Seite des Hauses, wenn man mit dem Gesicht davor stand, lag, wie ich später herausfand, ein altmodisches Blumengärtchen, auf das eine Tür von der Westfront führte. Man hatte es für irgendeine alte Lady Furnivall aus dem dichten, dunklen Wald geschlagen, doch die Äste der riesigen Waldbäume waren nachgewachsen und warfen wieder ihren Schatten darüber. Es gediehen dort nur sehr wenige Blumen.

Als wir vor das große Hauptportal fuhren und in die Eingangshalle traten, dachte ich, wir würden uns verirren, so groß, weitläufig und prächtig war sie. Von der Mitte der Decke hing ein Kronleuchter, der ganz aus Bronze war, und ich blickte staunend zu ihm hoch, denn dergleichen hatte ich noch nie zuvor gesehen. An einem Ende der Halle befand sich ein riesiger Kamin, der so groß war wie die Seitenmauern der Häuser in meiner Heimat, mit mächtigen Feuer- und Kaminböcken für das Holz und schweren altmodischen Sofas

sofas. At the opposite end of the hall, to the left as you went in – on the western side – was an organ built into the wall, and so large that it filled up the best part of that end. Beyond it, on the same side, was a door; and opposite, on each side of the fireplace, were also doors leading to the east front; but those I never went through as long as I stayed in the house, so I can't tell you what lay beyond.

The afternoon was closing in, and the hall, which had no fire lighted in it, looked dark and gloomy, but we did not stay there a moment. The old servant, who had opened the door for us, bowed to Mr Henry, and took us in through the door at the further side of the great organ, and led us through several smaller halls and passages into the west drawing-room, where he said that Miss Furnivall was sitting. Poor little Miss Rosamond held very tight to me, as if she were scared and lost in that great place, and as for myself, I was not much better. The west drawing-room was very cheerful-looking, with a warm fire in it, and plenty of good, comfortable furniture about. Miss Furnivall was an old lady not far from eighty, I should think, but I do not know. She was thin and tall, and had a face as full of fine wrinkles as if they had been drawn all over it with a needle's point. Her eyes were very watchful, to make up, I suppose, for her being so deaf as to be obliged to use a trumpet. Sitting with her, working at the same great piece of tapestry, was Mrs Stark, her maid and companion, and almost as old as she was. She had lived with Miss Furnivall ever since they were both young, and now she seemed more like a friend than a servant; she looked so cold and grey, and stony

daneben. Am anderen Ende der Halle, wenn man eintrat zur Linken – auf der Westseite –, war eine Orgel in die Wand eingebaut. Sie war so groß, dass sie fast die ganze Wandbreite dort einnahm. Unterhalb von ihr an derselben Wand befand sich eine Tür, und ihr gegenüber gab es zu beiden Seiten des Kamins ebenfalls Türen, die in den Ostflügel führten, durch die ich aber, so lange ich im Hause lebte, niemals gegangen bin, weshalb ich euch nicht sagen kann, was sich dahinter befand.

Der Nachmittag ging zur Neige, und die Halle, in der kein Feuer brannte, wirkte dunkel und düster, doch wir hielten uns dort nicht länger auf. Der alte Diener, der uns die Tür geöffnet hatte, verbeugte sich vor Mr. Henry, führte uns durch die Tür gegenüber der großen Orgel und durch mehrere kleinere Hallen und Flure in den Westsalon, in dem, wie er sagte, Miss Furnivall sitzen sollte. Die arme kleine Miss Rosamond klammerte sich an mir fest, als hätte sie Angst und fühlte sich in diesem großen Haus verloren, und mir selbst ging es nicht viel besser. Der Westsalon, in dem ein warmes Feuer brannte, wirkte mit den vielen behaglichen Möbeln sehr freundlich. Miss Furnivall war eine alte Lady, sicher an die achtzig, aber genau weiß ich es nicht. Sie war dünn und groß, und ihr Gesicht war von vielen feinen Falten überzogen, wie mit einer spitzen Nadel dort eingezeichnet. Ihre Augen wirkten sehr wachsam, vermutlich als Ausgleich dafür, dass sie wegen ihrer Taubheit ein Hörrohr benutzen musste. Neben ihr saß Mrs. Stark, die ihr Dienstmädchen und ihre Gesellschafterin war und fast genauso alt wie sie, und arbeitete an demselben großen Gobelin. Seit ihrer beider Jugend lebte sie bei Miss Furnivall und schien mittlerweile mehr eine Freundin als eine Bedienstete zu sein. Sie wirkte so kalt, grau und versteinert, als hätte sie noch

as if she had never loved or cared for anyone; and I
don't suppose she did care for anyone, except her mistress; and, owing to the great deafness of the latter,
Mrs Stark treated her very much as if she were a child.
Mr Henry gave some message from my lord, and then
he bowed good-bye to us all, – taking no notice of
my sweet little Miss Rosamond's outstretched hand –
and left us standing there, being looked at by the two
old ladies through their spectacles.

I was right glad when they rung for the old foot-
man who had shown us in at first, and told him to
take us to our rooms. So we went out of that great
drawing-room, and into another sitting-room, and
out of that, and then up a great flight of stairs, and
along a broad gallery – which was something like a
library, having books all down one side, and windows
and writing-tables all down the other – till we came
to our rooms, which I was not sorry to hear were just
over the kitchens; for I began to think I should be
lost in that wilderness of a house. There was an old
nursery that had been used for all the little lords and
ladies long ago, with a pleasant fire burning in the
grate, and the kettle boiling on the hob, and tea-things
spread out on the table; and out of that room was the
night-nursery, with a little crib for Miss Rosamond
close to my bed. And old James called up Dorothy,
his wife, to bid us welcome; and both he and she were
so hospitable and kind, that by and by Miss Rosamond and me felt quite at home; and by the time tea
was over, she was sitting on Dorothy's knee, and
chattering away as fast as her little tongue could go.
I soon found out that Dorothy was from Westmore-

nie einen Menschen geliebt oder gemocht. Ich glaube auch nicht, dass sie außer ihrer Herrin noch einen Menschen mochte, und diese behandelte sie wegen ihrer schweren Taubheit fast wie ein Kind. Mr. Henry übermittelte eine Botschaft meines Herrn und verbeugte sich dann zum Abschied vor uns allen, ohne die ausgestreckte Hand meiner süßen kleinen Miss Rosamond zu beachten. Dann ließ er uns dort stehen und von den beiden alten Damen durch ihre Brillen begutachten.

Ich war froh, als sie nach dem alten Lakaien läuteten, der uns anfangs ins Haus geführt hatte, und ihn baten, uns auf unsere Zimmer zu bringen. Wir verließen also den Hauptsalon, gingen in einen anderen Salon und wieder hinaus, dann eine große Treppe hoch und eine breite Galerie entlang, die eine Art Bibliothek darstellte – die eine Wand war ganz mit Büchern bedeckt, die andere mit Fenstern und Schreibtischen –, bis wir zu unseren Zimmern kamen. Dass diese direkt über der Küche lagen, hörte ich nicht ungern, denn mittlerweile begann ich zu fürchten, ich würde mich in diesem Gewirr von einem Haus verirren. Es gab ein altes Kinderzimmer, das vor langer Zeit für all die kleinen Lords und Ladies benutzt worden war und in dessen Kamin ein wohliges Feuer brannte. Am Kaminvorsprung hing ein Kessel mit kochendem Wasser, der Tisch war zum Tee gedeckt. Hinter diesem Raum befand sich das Kinderschlafzimmer mit einem Bettchen für Miss Rosamond nah an meinem Bett. Der alte James rief seine Frau Dorothy herauf, damit sie uns begrüßen konnte, und sie waren beide so gastfreundlich und nett, dass Miss Rosamond und ich uns allmählich immer heimischer fühlten. Als der Tee vorbei war, saß sie schon auf Dorothys Schoß und plapperte so schnell ihre kleine Zunge nur konnte. Bald erfuhr ich, dass Dorothy

land, and that bound her and me together, as it were;
and I would never wish to meet with kinder people
than were old James and his wife. James hand lived
pretty nearly all his life in my lord's family, and
thought there was no one so grand as they. He even
looked down a little on his wife; because, till he had
married her, she had never lived in any but a farmer's
household. But he was very fond of her, as well he
might be. They had one servant under them, to do
all the rough work. Agnes they called her; and she
and me, and James and Dorothy, with Miss Furnivall
and Mrs Stark, made up the family; always remembering my sweet little Miss Rosamond! I used to
wonder what they had done before she came, they
thought so much of her now. Kitchen and drawing-
room, it was all the same. The hard, sad Miss Furnivall, and the cold Mrs Stark looked pleased when
she came fluttering in like a bird, playing and prank-
ing hither and thither, with a continual murmur, and
pretty prattle of gladness. I am sure, they were sorry
many a time when she flitted away into the kitchen,
though they were too proud to ask her to stay with
them, and were a little surprised at her taste; though
to be sure, as Mrs Stark said it was not to be wondered at, remembering what stock her father had
come of. The great, old rambling house was a famous
place for little Miss Rosamond. She made expeditions
all over it, with me at her heels; all, except the east
wing, which was never opened, and whither we never
thought of going. But in the western and northern
part was many a pleasant room; full of things that
were curiosities to us, though they might not have

aus dem Westmoreland stammte, und natürlich verband uns das. Ich hätte mir keine netteren Menschen als den alten James und seine Frau wünschen können. James hatte fast sein ganzes Leben in der Familie meines Herrn verbracht und war der Meinung, dass es keine vornehmere gab. Er blickte sogar ein wenig auf seine Frau hinab, weil sie, bis er sie heiratete, nichts anderes als einen bäuerlichen Haushalt erlebt hatte. Trotzdem mochte er sie sehr, wozu er auch allen Grund hatte. Für die gröberen Arbeiten hatten sie eine Dienstbotin unter sich, die sie Agnes nannten. Sie, ich, James und Dorothy machten mit Miss Furnivall und Mrs. Stark die Familie aus, meine süße kleine Miss Rosamond natürlich nicht zu vergessen! Ich fragte mich oft, was sie wohl vor ihrer Ankunft getan hatten, so eingenommen wie jetzt alle, ob in Küche oder Salon, von ihr waren. Die strenge, traurige Miss Furnivall und die kalte Mrs. Stark schienen sich zu freuen, wenn sie wie ein Vogel zu ihnen hereingeflattert kam, spielte und herumalberte, dabei ständig vor sich hinmurmelte und reizend und vergnügt plapperte. Sicher waren sie so manches Mal traurig, wenn sie wieder in die Küche huschte, auch wenn sie zu stolz waren, sie zum Bleiben aufzufordern, und sich ein wenig über ihre Vorlieben wunderten. Obwohl das eigentlich, wie Mrs. Stark meinte, keine Überraschung wäre, wenn man bedenke, welcher Herkunft ihr Vater sei. Das wunderbar weitläufige alte Haus war ein herrlicher Ort für die kleine Miss Rosamond. Mit mir auf den Fersen, machte sie Auflüge in alle Winkel des Hauses; in alle, außer den Ostflügel, der nie aufgesperrt wurde und wohin es uns auch nie zog. Doch im westlichen und nördlichen Teil des Hauses gab es viele schöne Zimmer voller Sachen, die für uns Sehenswürdigkeiten darstellten, auch wenn sie das für Leute, die schon mehr gesehen hatten, viel-

been to people who had seen more. The windows were darkened by the sweeping boughs of the trees, and the ivy which had overgrown them; but, in the green gloom, we could manage to see old China jars and carved ivory boxes, and great heavy books, and, above all, the old pictures!

Once, I remember, my darling would have Dorothy go with us to tell us who they all were; for they were all portraits of some of my lord's family, though Dorothy could not tell us the names of every one. We had gone through most of the rooms, when we came to the old state drawing-room over the hall, and there was a picture of Miss Furnivall; or, as she was called in those days, Miss Grace, for she was the younger sister. Such a beauty she must have been! but with such a set, proud look, and such scorn looking out of her handsome eyes, with her eyebrows just a little raised, as if she were wondering how any one could have the impertinence to look at her; and her lip curled at us, as we stood there gazing. She had a dress on, the like of which I had never seen before, but it was all the fashion when she was young: a hat of some soft white stuff like beaver, pulled a little over her brows, and a beautiful plume of feathers sweeping round it on one side; and her gown of blue satin was open in front to a quilted white stomacher.

'Well, to be sure!' said I, when I had gazed my fill. 'Flesh is grass, they do say; but who would have thought that Miss Furnivall had been such an out-and-out beauty, to see her now?'

'Yes,' said Dorothy, 'Folks change sadly. But if

leicht nicht gewesen wären. Die Fenster waren durch die darüber streichenden Zweige der Bäume und den Efeu, der sie zuwucherte, verdunkelt, doch in dem grünen Dämmerlicht konnten wir alte chinesische Urnen, geschnitzte Elfenbeinschachteln und große schwere Bücher ausmachen, und vor allem die alten Bilder!

Ich erinnere mich, dass mein Liebling einmal unbedingt Dorothy mitnehmen wollte, damit sie uns sagte, wer sie alle waren, denn es handelte sich um lauter Portraits von Familienmitgliedern meines Herrn, von denen uns Dorothy auch nicht die Namen jedes einzelnen nennen konnte. Wir hatten schon die meisten Zimmer durchquert, als wir in den alten Empfangssalon über der Eingangshalle kamen, in dem ein Bild von Miss Furnivall, oder, wie sie als jüngere Schwester zu jener Zeit genannt wurde, Miss Grace hing. Was für eine Schönheit sie gewesen sein muss! Aber mit was für einer unbewegten und stolzen Miene und mit wieviel Verachtung in den hübschen Augen. Ihre Augenbrauen waren ganz leicht angehoben, als würde sie sich wundern, wie jemand die Unverfrorenheit besitzen konnte, sie anzustarren, und sie verzog uns gegenüber, die wir da standen und staunten, höhnisch die Lippen. Sie trug ein Kleid, wie ich es noch nie zuvor gesehen hatte, wie es aber damals, in ihrer Jugend, Mode war, und einen Hut aus einem weichen weißen Fell wie Biber, ein wenig in die Stirn gezogen und an einer Seite von einem schönen Federschmuck umfasst. Ihr blauer Satinmantel war vorne offen, so dass das gesteppte Mieder des Kleids zum Vorschein kam.

«Also, wirklich!», sagte ich, als ich genug gestaunt hatte, «es heißt ja, Fleisch ist Gras, aber wer hätte, wenn man sie jetzt sieht, gedacht, dass Miss Furnivall einmal eine so ausgesprochene Schönheit war?»

«Ja», sagte Dorothy, «leider verändern sich die Menschen.

what my master's father used to say was true, Miss
Furnivall, the elder sister, was handsomer than Miss
Grace. Her picture is here somewhere; but, if I show
it you, you must never let on, even to James, that
you have seen it. Can the little lady hold her tongue,
think you?' asked she.

I was not so sure, for she was such a little sweet,
bold, open-spoken child, so I set her to hide herself;
and then I helped Dorothy to turn a great picture,
that leaned with its face towards the wall, and was
not hung up as the others were. To be sure, it beat
Miss Grace for beauty; and, I think, for scornful
pride, too, though in that matter it might be hard
to choose. I could have looked at it an hour, but Dorothy seemed half frightened at having shown it
to me, and hurried it back again, and bade me run
and find Miss Rosamond, for that there were some
ugly places about the house, where she should like
ill for the child to go. I was a brave, high-spirited
girl, and thought little of what the old woman said,
for I liked hide-and-seek as well as any child in the
parish; so off I ran to find my little one.

As winter drew on, and the days grew shorter,
I was sometimes almost certain that I heard a noise
as if someone was playing on the great organ in
the hall. I did not hear it every evening; but, cer-
tainly, I did very often; usually when I was sitting
with Miss Rosamond, after I had put her to bed, and
keeping quite still and silent in the bedroom. Then
I used to hear it booming and swelling away in the
distance. The first night, when I went down to my
supper, I asked Dorothy who had been playing mu-

Doch wenn stimmt, was der Vater meines Herrn immer gesagt hat, war Miss Furnivall, die ältere Schwester, hübscher als Miss Grace. Ihr Bild ist irgendwo hier, aber wenn ich es dir zeige, darfst du niemals verraten, nicht einmal James, dass du es gesehen hast. Was meinst du, kann die kleine Lady ihren Mund halten?», fragte sie.

Ich war mir nicht ganz sicher, denn sie war so ein süßes, kleines, unerschrockenes Kind, das sein Herz auf der Zunge trug. Deshalb sagte ich ihr, sie solle sich verstecken, und half dann Dorothy, ein großes Bild umzudrehen, das mit dem Gesicht zur Wand lehnte und nicht wie die anderen aufgehängt war. Wahrhaftig, es überbot Miss Grace an Schönheit und wohl auch an spöttischem Stolz, obwohl in diesem Punkt die Wahl schwer fiel. Ich hätte es eine Stunde lang anschauen können, doch Dorothy schien fast darüber erschrocken zu sein, dass sie es mir gezeigt hatte. Sie steckte es schnell zurück und bat mich loszulaufen und Miss Rosamond zu suchen, denn es gebe ein paar ungute Ecken im Hause und sie wolle nicht, dass das Kind dorthin gehe. Ich war ein mutiges, temperamentvolles Mädchen und machte mir nicht viel aus dem, was die alte Frau sagte. Das Versteckspiel gefiel mir genauso wie jedem anderen Kind in der Gemeinde, deshalb lief ich los, um meine Kleine zu suchen.

Während der Winter fortschritt und die Tage kürzer wurden, war ich mir manchmal fast sicher, ein Geräusch zu hören, als ob jemand auf der großen Orgel in der Eingangshalle spielte. Ich hörte es nicht jeden Abend, aber bestimmt sehr oft, meistens wenn ich recht still und schweigsam im Schlafzimmer bei Miss Rosamond saß, nachdem ich sie ins Bett gebracht hatte. Dann vernahm ich oft, wie sie in der Ferne dröhnte und anschwoll. Als ich am ersten Abend zum Nachtessen nach unten ging, fragte ich Dorothy, wer Musik ge-

sic, and James said very shortly that I was a gowk
to take the wind soughing among the trees for music: but I saw Dorothy look at him very fearfully,
and Bessy, the kitchen-maid, said something beneath
her breath, and went quite white. I saw they did not
like my question, so I held my peace till I was with
Dorothy alone, when I knew I could get a good deal
out of her. So, the next day, I watched my time,
and I coaxed and asked her who it was that played
the organ; for I knew that it was the organ and not
the wind well enough, for all I had kept silence before James. But Dorothy had had her lesson, I'll
warrant, and never a word could I get from her. So
then I tried Bessy, though I had always held my
head rather above her, as I was evened to James and
Dorothy, and she was little better than their servant. So she said I must never, never tell; and if I
ever told, I was never to say *she* had told me; but it
was a very strange noise, and she had heard it many
a time, but most of all on winter nights, and before
storms; and folks did say, it was the old lord playing
on the great organ in the hall, just as he used to
when he was alive; but who the old lord was, or why
he played, and why he played on stormy winter
evenings in particular, she either could not or would
not tell me. Well! I told you I had a brave heart; and
I thought it was rather pleasant to have that grand
music rolling about the house, let who would be the
player; for now it rose above the great gusts of wind,
and wailed and triumphed just like a living creature,
and then it fell to a softness most complete; only it
was always music and tunes, so it was nonsense to

macht habe, und James erwiderte sehr kurz angebunden, ich sei ein dummes Huhn, wenn ich das Rauschen des Windes in den Bäumen für Musik halte. Doch ich sah, wie Dorothy ihm einen sehr erschrockenen Blick zuwarf und Bessy, das Küchenmädchen, leise etwas vor sich hin murmelte und ganz weiß wurde. Offensichtlich gefiel ihnen meine Frage nicht, deshalb sagte ich nichts mehr, bis ich mit Dorothy allein war, aus der ich dann, wie ich wusste, mehr herausbekommen würde. Am nächsten Tag passte ich also einen geeigneten Zeitpunkt ab und beschwatzte sie und fragte, wer denn die Orgel gespielt habe, denn ich wisse genau, dass es die Orgel gewesen sei und nicht der Wind, auch wenn ich James gegenüber geschwiegen hätte. Doch mein Wort darauf, Dorothy hatte ihre Lektion gelernt, und ich bekam nichts aus ihr heraus. Also versuchte ich mein Glück bei Bessy, obwohl ich meinen Kopf ihr gegenüber immer hoch trug, da ich auf einer Stufe mit James und Dorothy stand, und sie kaum etwas Besseres als deren Dienerin war. Sie sagte, ich dürfe nie, nie, jemanden etwas erzählen, und wenn ich jemals etwas erzählte, dürfe ich niemals sagen, dass ich es von *ihr* habe, es sei aber wirklich ein sehr seltsames Geräusch und sie habe es schon oft gehört, meistens jedoch an Winterabenden und vor Stürmen. Die Leute erzählten sich, es sei der alte Lord, der auf der Orgel in der Eingangshalle spiele, genauso wie er es zu Lebzeiten getan habe, aber wer der alte Lord war oder warum er spielte und warum er insbesondere an stürmischen Winterabenden spielte, konnte oder wollte sie mir nicht sagen. Nun gut. Ich habe schon gesagt, dass ich ein beherztes Mädchen war, und ich empfand es als recht angenehm, wenn die großartige Musik durchs Haus donnerte, wer immer sie spielen mochte, denn mal erhob sie sich über die starken Windböen, heulte und triumphierte wie ein lebendiges Wesen, um dann zu zar-

call it the wind. I thought at first that it might be
Miss Furnivall who played, unknown to Bessy; but
one day when I was in the hall by myself, I opened
the organ and peeped all about it and around it, as
I had done to the organ in Crosthwaite Church once
before, and I saw it was all broken and destroyed
inside, though it looked so brave and fine; and then,
though it was noonday, my flesh began to creep a
little, and I shut it up, and ran away pretty quickly
to my own bright nursery; and I did not like hearing
the music for some time after that, any more than
James and Dorothy did. All this time Miss Rosamond was making herself more and more beloved.
The old ladies liked her to dine with them at their
early dinner; James stood behind Miss Furnivall's
chair, and I behind Miss Rosamond's all in state;
and, after dinner, she would play about in a corner
of the great drawing-room, as still as any mouse,
while Miss Furnivall slept, and I had my dinner in
the kitchen. But she was glad enough to come to
me in the nursery afterwards; for, as she said, Miss
Furnivall was so sad, and Mrs Stark so dull; but she
and I were merry enough; and, by-and-by, I got not
to care for that weird rolling music, which did one
no harm, if we did not know where it came from.

That winter was very cold. In the middle of October the frosts began, and lasted many, many weeks.
I remember, one day at dinner, Miss Furnivall lifted
up her sad, heavy eyes, and said to Mrs Stark, 'I am
afraid we shall have a terrible winter,' in a strange
kind of meaning way. But Mrs Stark pretended not
to hear, and talked very loud of something else. My

tester Verhaltenheit abzuflauen. Aber es handelte sich immer um Musik und Töne, es war also Unsinn, von Wind zu sprechen. Anfangs dachte ich, es sei vielleicht Miss Furnivall, die spielte, was Bessy nicht wusste, doch als ich eines Tages allein in der Eingangshalle war, öffnete ich die Orgel und musterte sie neugierig von allen Seiten, wie ich es einmal bei der Orgel in der Kirche von Crosthwaite getan hatte, und sah, dass sie innen ganz kaputt und zerstört war, obwohl sie von außen so prächtig und schön aussah. In dem Moment begann ich, obwohl Mittag war, ein wenig zu frösteln. Ich schloss die Orgel und lief schnell in mein helles Kinderzimmer. Die Musik hörte ich danach eine Zeit lang ebenso ungern wie James und Dorothy. Miss Rosamond wurde unterdessen immer beliebter. Die alten Ladies mochten es, wenn sie mit ihnen zusammen ihr frühes Abendessen einnahm, wobei James ganz zeremoniös hinter Miss Furnivalls Stuhl stand und ich hinter dem von Miss Rosamond. Nach dem Essen spielte sie meist mucksmäuschenstill in einer Ecke des großen Salons, während Miss Furnivall schlief und ich in der Küche zu Abend aß. Danach aber kam sie gern wieder zu mir ins Kinderzimmer, denn Miss Furnivall sei, wie sie sagte, so traurig und Mrs. Stark fürchterlich langweilig, aber wir beide hätten es wirklich lustig. Mit der Zeit machte ich mir nichts mehr aus der seltsamen, donnernden Musik, die niemanden etwas antat, auch wenn wir nicht wussten, woher sie kam.

Jener Winter war sehr kalt. Mitte Oktober kam der erste Frost und hielt viele, viele Wochen an. Ich erinnere mich, wie Miss Furnivall eines Tages beim Abendessen aus ihren traurigen, schweren Augen aufschaute und mit einem seltsamen Unterton zu Mrs. Stark sagte: «Ich fürchte, wir werden einen schrecklichen Winter bekommen.» Doch Mrs. Stark tat so, als hätte sie nichts gehört, und sprach laut von etwas ande-

little lady and I did not care for the frost; not we!
As long as it was dry we climbed up the steep brows,
behind the house, and went up on the Fells, which
were bleak, and bare enough, and there we ran races
in the fresh, sharp air; and once we came down by
a new path that took us past the two old gnarled
holly-trees, which grew about half-way down by
the east side of the house. But the days grew shorter
and shorter; and the old lord, if it was he, played
more and more stormily and sadly on the great organ. One Sunday afternoon – it must have been towards the end of November – I asked Dorothy to
take charge of little Missey when she came out of
the drawing-room, after Miss Furnivall had had
her nap; for it was too cold to take her with me to
church, and yet I wanted to go. And Dorothy was
glad enough to promise, and was so fond of the child
that all seemed well; Bessy and I set off very briskly,
though the sky hung heavy and black over the white
earth, as if the night had never fully gone away; and
the air, though still, was very biting and keen.

'We shall have a fall of snow,' said Bessy to me.
And sure enough, even while we were in church, it
came down thick, in great large flakes, so thick it
almost darkened the windows. It had stopped snowing
before we came out, but it lay soft, thick and deep
beneath our feet, as we tramped home. Before we got
to the hall the moon rose, and I think it was lighter
then, – what with the moon, and what with the white
dazzling snow – than it had been when we went to
church, between two and three o'clock. I have not told
you that Miss Furnivall and Mrs Stark never went

rem. Meiner kleinen Lady und mir machte die Kälte nichts aus, uns doch nicht! So lange es trocken blieb, stiegen wir die steilen Hänge hinter dem Haus hinauf und weiter in die Fells, die öde und düster waren, und liefen dort in der schneidend frischen Luft um die Wette. Einmal kamen wir einen neuen Pfad hinab, der uns an den beiden alten, knorrigen Stechpalmen vorbeiführte, die ungefähr auf halber Höhe beim Ostflügel des Hauses wuchsen. Doch die Tage wurden kürzer und kürzer, und der alte Lord, wenn er es denn war, spielte immer stürmischer und trauriger auf der großen Orgel. An einem Sonntagnachmittag – es muss gegen Ende November gewesen sein – bat ich Dorothy, das kleine Fräulein zu beaufsichtigen, wenn sie nach dem Mittagsschlaf von Miss Furnivall aus dem Salon zurückkäme, denn es war zu kalt, um sie mit in die Kirche zu nehmen, wohin ich trotzdem gehen wollte. Dorothy versprach es mir gerne, und sie mochte das Kind so sehr, dass alles in bester Ordnung schien. Obwohl der Himmel schwarz und schwer über der weißen Erde hing, als habe die Nacht sich gar nicht richtig zurückgezogen, und obwohl die Luft zwar windstill, aber beißend kalt war, schritten Bessy und ich munteren Schritts voran.

«Es wird Schnee geben», sagte Bessy zu mir. Und wirklich, gerade als wir in der Kirche waren, ging ein dichter Schauer mit großen, schweren Flocken hinab, so dicht, dass er fast die Fenster verdunkelte. Bis wir wieder nach draußen kamen, hatte es aufgehört zu schneien, doch als wir heim stapften, lag tiefer Schnee weich und dick unter unseren Füßen. Noch bevor wir in die Eingangshalle traten, ging der Mond auf, und ich glaube, in diesem Augenblick wurde es heller – teils wegen des Mondlichts, teils wegen des weißen, blendenden Schnees –, als es bei unserem Aufbruch zur Kirche zwischen zwei und drei Uhr gewesen war. Ich habe euch nicht erzählt, dass Miss

to church: they used to read the prayers together, in their quiet gloomy way; they seemed to feel the Sunday very long without their tapestry-work to be busy at. So when I went to Dorothy in the kitchen, to fetch Miss Rosamond and take her upstairs with me, I did not much wonder when the old woman told me that the ladies had kept the child with them, and that she had never come to the kitchen, as I had bidden her, when she was tired of behaving pretty in the drawing-room. So I took off my things and went to find her, and bring her to her supper in the nursery. But when I went into the best drawing-room there sat the two old ladies, very still and quiet, dropping out a word now and then but looking as if nothing so bright and merry as Miss Rosamond had ever been near them. Still I thought she might be hiding from me; it was one of her pretty ways; and that she had persuaded them to look as if they knew nothing about her; so I went softly peeping under this sofa, and behind that chair, making believe I was sadly frightened at not finding her.

'What's the matter, Hester?' said Mrs Stark, sharply. I don't know if Miss Furnivall had seem me, for, as I told you, she was very deaf, and she sat quite still, idly staring into the fire, with her hopeless face. 'I'm only looking for my little Rosy-Posy,' replied I, still thinking that the child was there, and near me, though I could not see her.

'Miss Rosamond is not here,' said Mrs Stark. 'She went away more than an hour ago to find Dorothy.' And she too turned and went on looking into the fire.

My heart sank at this, and I began to wish I had

Furnivall und Mrs. Stark nie zur Kirche gingen. Sie pflegten die Gebete in ihrer stillen, schwermütigen Art gemeinsam zu lesen, und die Sonntage schienen ihnen ohne die Beschäftigung an ihrer Gobelin-Arbeit recht lang zu werden. Als ich nun in die Küche ging, um das Kind zu holen und mit mir nach oben zu nehmen, dachte ich mir nichts dabei, als die alte Frau sagte, die Ladies hätten Miss Rosamond bei sich behalten und sie sei gar nicht in die Küche gekommen, wie ich ihr aufgetragen hatte, wenn sie keine Lust mehr hätte, sich im Salon gut zu benehmen. Ich legte ab und ging sie suchen, um sie zum Abendessen ins Kinderzimmer zu bringen. Doch als ich in den besten Salon kam, saßen dort nur sehr reglos und still die beiden Damen, die hin und wieder ein Wort fallen ließen, aber so aussahen, als wäre nie etwas so Fröhliches und Vergnügtes wie Miss Rosamond in ihrer Nähe gewesen. Ich glaubte immer noch, sie würde sich vor mir verstecken, was eine ihrer niedlichen Angewohnheiten war, und hätte die beiden überredet, so zu tun, als wüssten sie nichts von ihr. Leise ging ich los, schaute unter diesem Sofa und hinter jenem Sessel nach und tat so, als sei ich recht betrübt und erschrocken, sie nicht zu finden.

‹Was gibt es, Hester?›, fragte Mrs. Stark in scharfem Ton. Ich weiß nicht, ob Miss Furnivall mich bemerkt hatte, denn sie war, wie ich euch erzählt habe, sehr taub. Sie saß reglos da und starrte mit ihrem schwermütigen Gesicht teilnahmslos ins Feuer. «Ich suche nur nach meiner kleinen Rosy-Posy», erwiderte ich, da ich das Kind immer noch dort und ganz in meiner Nähe wähnte, obwohl ich es nicht sehen konnte.

«Miss Rosamond ist nicht hier», sagte Mrs. Stark. «Sie ist schon vor über einer Stunde zu Dorothy gegangen.» Damit wandte sie sich ab und schaute wieder ins Feuer.

Jetzt bekam ich es mit der Angst zu tun und wünschte mir,

never left my darling. I went back to Dorothy and told her. James was gone out for the day, but she and me and Bessy took lights and went up into the nursery first, and then we roamed over the great large house, calling and entreating Miss Rosamond to come out of her hiding-place, and not frighten us to death in that way. But there was no answer; no sound.

'Oh!' said I at last, 'Can she have got into the east wing and hidden there?'

But Dorothy said it was not possible, for that she herself had never been there; that the doors were always locked, and my lord's steward had the keys, she believed; at any rate, neither she nor James had ever seen them: so I said I would go back, and see if, after all, she was not hidden in the drawing-room, unknown to the old ladies; and if I found her there, I said, I would whip her well for the fright she had given me; but I never meant to do it. Well, I went back to the west drawing-room, and I told Mrs Stark we could not find her anywhere, and asked for leave to look all about the furniture there, for I thought now, that she might have fallen asleep in some warm hidden corner; but no! we looked, Miss Furnivall got up and looked, trembling all over, and she was nowhere there; then we set off again, everyone in the house, and looked in all the places we had searched before, but we could not find her. Miss Furnivall shivered and shook so much that Mrs Stark took her back into the warm drawing-room; but not before they had made me promise to bring her to them when she was found. Well-a-day!

ich hätte meinen Liebling niemals allein gelassen. Ich ging zu Dorothy zurück und erzählte es ihr. James war den ganzen Tag über fort, doch sie, Bessy und ich nahmen Lampen, gingen zunächst nach oben ins Kinderzimmer und streiften dann durch das große, weitläufige Haus, wobei wir Miss Rosamond riefen und sie baten, aus ihrem Versteck zu kommen und uns nicht so zu Tode zu erschrecken. Doch es kam keine Antwort, kein Ton.

«Oh!», sagte ich schließlich, «kann sie in den Ostflügel gelaufen sein und sich dort versteckt haben?»

Doch Dorothy sagte, dies sei unmöglich, da sie selbst noch nie dort gewesen sei. Die Türen seien immer verschlossen und die Schlüssel habe, wie sie glaube, der Verwalter meines Herrn, jedenfalls hätten weder sie noch James sie jemals gesehen. Ich erwiderte, dass ich zurückgehen und nachsehen wolle, ob sie sich nicht doch, unbemerkt von den beiden alten Damen, im Salon versteckt hätte. Wenn ich sie dort fände, erklärte ich, würde ich ihr eine ordentliche Tracht Prügel verabreichen für den Schrecken, den sie mir eingejagt hatte, obwohl ich das nicht wirklich vorhatte. Ich ging also in den Salon zurück, erklärte Mrs. Stark, dass wir sie nirgends finden könnten, und bat sie um Erlaubnis, überall zwischen den Möbeln nach ihr zu suchen, da ich mittlerweile vermutete, dass sie in irgendeiner warmen, verborgenen Ecke eingeschlafen war. Aber nein! Wir suchten, Miss Furnivall erhob sich und suchte mit uns, am ganzen Leibe zitternd, doch Miss Rosamond war nirgendwo. Dann machten wir, sämtliche Bewohner des Hauses, uns wieder auf und schauten an allen Orten nach, an denen wir schon zuvor gesucht hatten, doch wir konnten sie nicht finden. Miss Furnivall zitterte und wankte so sehr, dass Mrs. Stark sie wieder zurück in den warmen Salon führte, jedoch erst, nachdem sie mir das Versprechen abgenommen hatten, sie zu ihnen zu

I began to think she never would be found, when
I bethought me to look out into the great front
court, all covered with snow. I was upstairs when
I looked out; but it was such clear moonlight,
I could see, quite plain, two little footprints, which
might be traced from the hall door, and round the
corner of the east wing. I don't know how I got
down, but I tugged open the great, stiff hall door;
and, throwing the skirt of my gown over my head
for a cloak, I ran out. I turned the east corner, and
there a black shadow fell on the snow; but when I
came again into the moonlight, there were the little
footmarks going up – up to the Fells. It was bitter
cold; so cold that the air almost took the skin off my
face as I ran, but I ran on, crying to think how my
poor little darling must be perished, and frightened.
I was within sight of the holly-trees when I saw a
shepherd coming down the hill, bearing something
in his arms wrapped in his maud. He shouted to me,
and asked me if I had lost a bairn; and, when I could
not speak for crying, he bore towards me, and I saw
my wee bairnie lying still, and white, and stiff, in
his arms, as if she had been dead. He told me he had
been up the Fells to gather in his sheep, before the
deep cold of night came on, and that under the holly-
trees (black marks on the hillside, where no other
bush was for miles around) he had found my little
lady – my lamb – my queen – my darling – stiff and
cold, in the terrible sleep which is frost-begotten.
Oh! the joy, and the tears of heaving her in my
arms once again! for I would not let him carry her;
but took her, maud and all, into my own arms, and

36

bringen, sobald ich sie gefunden hatte. Oh weh! Ich dachte schon, wir würden sie nie mehr finden, als mir der Gedanke kam, in den großen Vorhof zu schauen, der in tiefem Schnee lag. Als ich hinausblickte, befand ich mich im oberen Stock, doch das Mondlicht war so hell, dass ich deutlich zwei kleine Fußspuren erkennen konnte, die sich vom Eingangsportal und um die Ecke des Ostflügels verfolgen ließen. Ich weiß nicht mehr, wie ich nach unten gekommen bin, aber ich riss die große, schwere Eingangstür auf, warf mir den Rock meines Kleides als Mantel über den Kopf und rannte hinaus. Ich lief um die Ostecke des Hauses, wo der Schnee im dunklen Schatten lag, doch als ich wieder ins Mondlicht kam, sah ich zwei kleine Fußspuren bergauf führen – hoch in die Fells. Die Luft war bitter kalt, so kalt, dass es mir beim Rennen fast die Haut vom Gesicht riss, doch ich lief weiter, heulend und voller Angst bei dem Gedanken, dass mein armer kleiner Liebling erfroren sein musste. Als ich in Sichtweite der beiden Stechpalmen war, sah ich einen Schäfer den Hügel hinabkommen, der etwas in seinen Wollumhang gewickelt hatte und in den Armen trug. Laut rufend fragte er mich, ob ich ein Kind verloren habe. Weil ich vor Tränen keinen Ton hervorbrachte, kämpfte er sich zu mir durch und ich sah mein kleines Kindchen reglos, weiß und steif in seinen Armen liegen, als sei es tot. Er erzählte, er sei oben in den Fells gewesen, um seine Schafe zusammenzutreiben, bevor die Eiseskälte der Nacht einsetzte. Unter den Stechpalmen (dunklen Flecken am Hang, wo sonst auf viele Meilen kein anderer Busch wuchs) habe er meine kleine Lady gefunden – mein Lämmchen, meine Königin, mein Liebling – steif und kalt in dem fürchterlichen Schlaf, den einem der Frost schickt. Ach, die Freude und die Tränen, sie wieder in den Armen zu halten! Denn ich ließ nicht zu, dass er sie weiter trug, sondern nahm sie mitsamt dem Schäferumhang in meine eige-

held her near my own warm neck and heart, and felt the life stealing slowly back again into her little gentle limbs. But she was still insensible when we reached the hall, and I had no breath for speech. We went in by the kitchen door.

'Bring the warming-pan,' said I; and I carried her upstairs and began undressing her by the nursery fire, which Bessy had kept up. I called my little lammie all the sweet and playful names I could think of – even while my eyes were blinded by my tears; and at last, oh! at length she opened her large blue eyes. Then I put her into her warm bed, and sent Dorothy down to tell Miss Furnivall that all was well; and I made up my mind to sit by my darling's bedside the live-long night. She fell away into a soft sleep as soon as her pretty head had touched the pillow, and I watched her until morning light; when she wakened up bright and clear – or so I thought at first – and, my dears, so I think now.

She said that she had fancied that she should like to go to Dorothy, for that both the old ladies were asleep, and it was very dull in the drawing-room; and that, as she was going through the west lobby, she saw the snow through the high window falling – falling – soft and steady; but she wanted to see it lying pretty and white on the ground; so she made her way into the great hall; and then, going to the window, she saw a little girl, not so old as she was, 'but so pretty,' said my darling, 'and this little girl beckoned to me to come out; and oh, she was so pretty and so sweet, I could not choose but to go.' And then this other little girl had taken her by the

nen Arme, drückte sie fest in meinen warmen Nacken und an mein Herz und spürte, wie das Leben langsam in ihre kleinen zarten Glieder zurückkroch. Doch als wir in die Eingangshalle kamen, war sie noch immer ohnmächtig und ich sprachlos vor Atemnot. Wir benutzten den Rücheneingang.

«Bringt die Wärmflasche», sagte ich, trug sie nach oben und begann sie am Feuer des Kinderzimmers, das Bessy versorgt hatte, auszukleiden. Ich rief mein kleines Lämmlein bei allen süßen Kosenamen, die mir einfielen, während ich vor Tränen nichts sehen konnte, und endlich, ach endlich, schlug sie ihre großen blauen Augen auf. Ich legte sie in ihr warmes Bett, schickte Dorothy nach unten, um Miss Furnivall auszurichten, dass alles gut sei, und beschloss, die liebe lange Nacht am Bett meines Lieblings sitzen zu bleiben. Sobald ihr hübscher Kopf das Kissen berührte, fiel sie in einen süßen Schlummer, wobei ich ihr bis zur Morgendämmerung zusah, als sie fröhlich und bei klarem Verstand wieder erwachte – so dachte ich zumindest anfangs, und so, meine Lieben, denke ich auch jetzt.

Sie sagte, sie habe zu Dorothy gehen wollen, da die beiden alten Damen geschlafen hätten und es sehr langweilig im Salon gewesen sei. Als sie durch die Westhalle ging, habe sie dann durch das hohe Fenster den Schnee fallen sehen, ganz weich und gleichmäßig sei er gefallen. Aber sie habe sehen wollen, wie er hübsch und weiß am Boden lag, deshalb sei sie in die große Halle und dort ans Fenster gegangen, von wo sie ihn hell und weich in der Auffahrt gesehen habe. Noch als sie dort stand, habe sie ein kleines Mädchen erblickt, jünger als sie, aber ‹ach so hübsch›, wie mein Liebling sagte. ‹Und dieses kleine Mädchen hat mir gewinkt, ich solle nach draußen kommen. Ach, sie war so hübsch und so entzückend, ich konnte gar nicht anders, ich musste gehen.› Und dann habe dieses

hand, and side by side the two had gone round the east corner.

'Now you are a naughty little girl, and telling stories,' said I. 'What would your good mamma, that is in heaven, and never told a story in her life, say to her little Rosamond, if she heard her – and I dare say she does – telling stories!'

'Indeed, Hester,' sobbed out my child. 'I'm telling you true. Indeed I am.'

'Don't tell me!' said I, very stern. 'I tracked you by your footmarks through the snow; there were only yours to be seen: and if you had had a little girl to go hand-in-hand with you up the hill, don't you think the footprints would have gone along with yours?'

'I can't help it, dear, dear Hester,' said she, crying, 'if they did not; I never looked at her feet, but she held my hand fast and tight in her little one, and it was very, very cold. She took me up the Fell-path, up to the holly-trees; and there I saw a lady weeping and crying; but when she saw me, she hushed her weeping, and smiled very proud and grand, and took me on her knee, and began to lull me to sleep; and that's all, Hester – but that is true; and my dear mamma knows it is,' said she, crying. So I thought the child was in a fever, and pretended to believe her, as she went over her story – over and over again, and always the same. At last Dorothy knocked at the door with Miss Rosamond's breakfast; and she told me the old ladies were down in the eating parlour, and that they wanted to speak to me. They had both been into the night-nursery the evening before, but it was after

andere kleine Mädchen sie bei der Hand genommen und sie seien zusammen um die Ostecke des Hauses gegangen.

«Jetzt bist du aber ein unartiges kleines Mädchen, solche Geschichten zu erzählen», sagte ich. «Was würde deine liebe Mama, die im Himmel ist und in ihrem ganzen Leben kein Lügenmärchen erzählt hat, zu ihrer kleinen Rosamond sagen, wenn sie hören würde – und das tut sie bestimmt – wie sie Geschichten erzählt!»

«Wirklich, Hester», schluchzte mein Kind, «ich sage die Wahrheit. Wirklich.»

«Erzähl mir nichts!», erwiderte ich sehr streng. «Ich bin deinen Fußspuren im Schnee nachgegangen. Es waren nur deine zu sehen, und wenn du mit einem kleinen Mädchen Hand in Hand den Hügel hinauf gegangen wärest, hätten dann seine Fußspuren nicht neben deinen sein müssen?»

«Ich kann auch nichts dafür, liebe, liebe Hester», sagte sie weinend, «wenn sie nicht da waren. Ich habe nicht auf ihre Füße geschaut, aber sie hat meine Hand fest in ihrer eigenen kleinen gehalten, und es war sehr, sehr kalt. Sie hat mich über den Pfad geführt, der in die Fells geht, bis zu den Stech-palmen. Und dort sah ich eine Lady, die schluchzte und wein-te, doch als sie mich erblickte, hörte sie auf zu weinen und lächelte sehr stolz und vornehm, und dann hat sie mich auf den Schoß genommen und in den Schlaf gewiegt. Das ist al-les, Hester, aber es ist wahr, und meine liebe Mama weiß das», sagte sie weinend. Ich vermutete, dass das Kind fieberte, und tat so, als würde ich ihm glauben, als es seine Geschichte im-mer wieder neu und immer wieder gleich erzählte. Schließ-lich klopfte Dorothy mit Miss Rosamonds Frühstück. Sie sag-te, die beiden alten Ladies seien im Speisezimmer und wollten mit mir sprechen. Sie waren beide am Vorabend im Kinder-schlafzimmer gewesen, doch erst, nachdem Miss Rosamond

Miss Rosamond was asleep; so they had only looked at her – not asked me any questions.

'I shall catch it,' thought I to myself, as I went along the north gallery. 'And yet,' I thought, taking courage, 'it was in their charge I left her; and it's they that's to blame for letting her steal away unknown and un-watched.' So I went in boldly, and told my story. I told it all to Miss Furnivall, shouting close to her ear; but when I came to the mention of the other little girl out in the snow, coaxing and tempting her out, and willing her up to the grand and beautiful lady by the holly-tree, she threw her arms up – her old and withered arms – and cried aloud, 'Oh! Heaven, forgive! Have mercy!'

Mrs Stark took hold of her; roughly enough, I thought; but she was past Mrs Stark's management, and spoke to me, in a kind of wild warning and au-thority.

'Hester! keep her from that child! It will lure her to her death! That evil child! Tell her it is a wicked, naughty child.' Then Mrs Stark hurried me out of the room; where, indeed, I was glad enough to go; but Muss Furnivall kept shrieking out, 'Oh! have mercy! Wilt Thou never forgive! It is many a long year ago' –

I was very uneasy in my mind after that. I durst never leave Miss Rosamond, night or day, for fear lest she might slip off again, after some fancy or other; and all the more because I thought I could make out that Miss Furnivall was crazy, from their odd ways about her; and I was afraid lest something of the same kind (which might be in the family, you know) hung over my darling. And the great frost never ceased all this time; and whenever it was a more stormy night

eingeschlafen war; so hatten sie sie nur angeschaut und mir keine Fragen gestellt.

«Jetzt werde ich Ärger bekommen», dachte ich, als ich über die Nordgalerie ging. «Aber eigentlich», überlegte ich Mut schöpfend, «habe ich Rosamond unter ihrer Aufsicht gelassen, also ist es ihnen vorzuwerfen, dass sie sich unbemerkt und unbeobachtet wegstehlen konnte.» So trat ich beherzt ein und erzählte meine Geschichte. Dicht an ihrem Ohr brüllend, berichtete ich Miss Furnivall alles, doch als ich zu dem anderen kleinen Mädchen draußen im Schnee kam, das Miss Rosamond gewinkt, sie herausgelockt und gezwungen hatte, zu der vornehmen, schönen Dame bei der Stechpalme zu gehen, warf sie die Arme hoch, ihre alten, welken Arme, und schrie laut: «Oh, Himmel, verzeihe! Hab Erbarmen!»

Mrs. Stark umfing sie, recht grob, wie mir schien, doch auch von Mrs. Stark ließ sie sich nicht bändigen, und sie sprach mit Nachdruck und in verstört mahnendem Ton zu mir.

«Hester! Halten Sie sie von dem Kind fern! Es wird sie in den Tod locken! Dieses böse Kind! Sagen Sie ihr, dass es ein schlechtes, ungezogenes Kind ist.» Dann scheuchte Mrs. Stark mich aus dem Zimmer, worüber ich eigentlich froh war, doch Miss Furnivall kreischte weiter: «Oh, hab Erbarmen! Wirst Du niemals verzeihen! Es ist schon so viele lange Jahre her …»

Nach diesem Vorfall fühlte ich mich sehr unbehaglich. Aus Angst, sie könne sich aus irgendeiner Eingebung heraus wieder fortstehlen, wagte ich nie Miss Rosamond allein zu lassen, ob bei Tag oder in der Nacht. Insbesondere, weil ich Miss Furnivall wegen ihres eigenartigen Gebarens für verrückt hielt und befürchtete, etwas Ähnliches (es lag ja vielleicht in der Familie) könne auch meinem Liebling drohen. Die schlimme Kälteperiode hielt an, und jedesmal, wenn ein Abend stür-

than usual, between the gusts, and through the wind, we heard the old lord playing on the great organ. But, old lord, or not, wherever Miss Rosamond went, there I followed; for my love for her, pretty helpless orphan, was stronger than my fear for the grand and terrible sound. Besides, it rested with me to keep her cheerful and merry, as beseemed her age. So we played together, and wandered together, here and there, and everywhere; for I never dared to lose sight of her again in that large and rambling house. And so it happened, that one afternoon, not long before Christmas Day, we were playing together on the billiard-table in the great hall (not that we knew the way of playing, but she liked to roll the smooth ivory balls with her pretty hands, and I liked to do whatever she did); and, by-and-by, without our noticing it, it grew dusk indoors, though it was still light in the open air, and I was thinking of taking her back into the nursery, when, all of a sudden, she cried out:

'Look, Hester! look! there is my poor little girl in the snow!'

I turned towards the long narrow windows, and there, sure enough, I saw a little girl, less than my Miss Rosamond – dressed all unfit to be out-of-doors on such a bitter night – crying, and beating against the window-panes, as if she wanted to be let in. She seemed to sob and wail, till Miss Rosamond could bear it no longer, and was flying to the door to open it, when, all of a sudden, and close up upon us, the great organ pealed out so loud and thundering, it fairly made me tremble; and all the more when I remembered me that, even in the stillness of that

mischer war als normal, hörten wir zwischen den Böen und durch den Wind den alten Lord auf der großen Orgel spielen. Doch ob es nun der alte Lord war oder nicht, ich folgte Miss Rosamond, wo immer sie hinging, denn meine Liebe zu ihr, dem hilflosen hübschen Waisenkind, war stärker als meine Angst vor den wuchtigen, schrecklichen Klängen. Außerdem war es meine Aufgabe, dafür zu sorgen, dass sie so fröhlich und vergnügt war, wie es sich für ihr Alter gehörte. Wir spielten, spazierten zusammen hierhin und dorthin und überallhin, weil ich nicht wagte, sie in dem weitläufigen Haus noch einmal aus den Augen zu verlieren. So kam es, dass wir eines Nachmittags kurz vor Weihnachten zusammen am Billardtisch in der Eingangshalle spielten (nicht, dass wir das Spiel konnten, doch es gefiel ihr, die glatten Elfenbeinkugeln mit ihren hübschen Händen zu rollen, und mir gefiel alles, was sie tat). Ohne dass wir es bemerkten, wurde es drinnen immer dunkler, obwohl es draußen noch hell war, und ich wollte sie gerade zurück ins Kinderzimmer bringen, als sie plötzlich aufschrie:

«Schau, Hester! Schau! Da draußen im Schnee ist mein armes kleines Mädchen!»

Ich drehte mich zu den langen, schmalen Fenstern um und erblickte tatsächlich ein kleines Mädchen, kleiner als meine Miss Rosamond – für einen so bitter kalten Abend draußen war es völlig unpassend gekleidet –, das rief und gegen die Fensterscheiben schlug, als wolle es hereingelassen werden. Sie schien zu schluchzen und zu jammern, bis Miss Rosamond es nicht länger ertragen konnte und zur Tür rannte, um sie zu öffnen. Doch in dem Moment dröhnte plötzlich ganz in unserer Nähe die große Orgel los, so laut und donnernd, dass ich richtig zu zittern begann, erst recht, als mir aufging, dass ich trotz des ruhigen, froststarren Wetters kein

dead-cold weather, I had heard no sound of little battering hands upon the window-glass, although the
Phantom Child had seemed to put forth all its force;
and, although I had seen it wail and cry, no faintest
touch of sound had fallen upon my ears. Whether
I remembered all this at the very moment, I do not
know; the great organ sound had so stunned me into
terror; but this I know, I caught up Miss Rosamond
before she got the hall door opened, and clutched her,
and carried her away, kicking and screaming, into the
large bright kitchen, where Dorothy and Agnes were
busy with their mince-pies.

'What is the matter with my sweet one?' cried
Dorothy, as I bore in Miss Rosamond, who was sob-
bing as if her heart would break.

'She won't let me open the door for my little girl
to come in; and she'll die if she is out on the Fells all
night. Cruel, naughty Hester,' she said, slapping me;
but she might have struck harder, for I had seen a
look of ghastly terror on Dorothy's face, which made
my very blood run cold.

'Shut the back-kitchen door fast, and bolt it well,'
said she to Agnes. She said no more; she gave me
raisins and almonds to quiet Miss Rosamond: but she
sobbed about the little girl in the snow, and would
not touch any of the good things. I was thankful
when she cried herself to sleep in bed. Then I stole
down to the kitchen, and told Dorothy I had made
up my mind. I would carry my darling back to my
father's house in Applethwaite; where, if we lived
humbly, we lived at peace. I said I had been frightened
enough with the old lord's organ-playing, but now,

Geräusch vom Klopfen der kleinen Hände auf dem Fensterglas gehört hatte, obwohl das Geisterkind seine ganze Kraft aufzubringen schien. Und obwohl ich gesehen hatte, wie es jammerte und weinte, war nicht der geringste Hauch eines Geräusches an meine Ohren gedrungen. Ob mir all dies schon in jenem Augenblick bewusst war, weiß ich nicht, denn das Dröhnen der großen Orgel hatte mich erschreckt und betäubt. Aber eins weiß ich: Ich holte Miss Rosamond ein, noch bevor sie die Tür der Eingangshalle öffnen konnte, schnappte sie mir und trug sie strampelnd und schreiend in die große, helle Küche, wo Dorothy und Agnes Pasteten zubereiteten.

«Was ist denn mit meinem lieben Kind los?», rief Dorothy, als ich die herzzerreißend schluchzende Miss Rosamond hereinbrachte.

«Sie erlaubt mir nicht, dass ich meinem kleinen Mädchen die Tür öffne und es hereinlasse, aber sie wird sterben, wenn sie die ganze Nacht draußen in den Fells ist. Du grausame, böse Hester», sagte sie und schlug nach mir. Doch sie hätte auch fester schlagen können, denn als ich den Schrecken und das Grauen in Dorothys Gesicht erblickte, gefror mir das Blut in den Adern.

«Schnell, mach die Küchentür zu und verriegele sie gut», wies sie Agnes an. Mehr sagte sie nicht. Sie gab mir Rosinen und Mandeln, um Miss Rosamond damit zu beruhigen, doch die schluchzte wegen des kleinen Mädchens im Schnee und wollte nichts von den guten Sachen anrühren. Ich war froh, als sie sich im Bett in den Schlaf weinte. Dann stahl ich mich in die Küche hinab und erzählte Dorothy, ich hätte einen Entschluss gefasst. Ich würde meinen Liebling mit heim ins Haus meines Vaters in Applethwaite nehmen, wo wir zwar bescheiden, aber in Frieden leben könnten. Die Orgelmusik des alten Lords, so sagte ich, habe mir schon genug Angst gemacht,

that I had seen for myself this little moaning child, all decked out as no child in the neighbourhood could be, beating and battering to get in, yet always without any sound or noise – with the dark wound on its right shoulder; and that Miss Rosamond had known it again for the phantom that had nearly lured her to her death (which Dorothy knew was true); I would stand it no longer.

I saw Dorothy change colour once or twice. When I had done, she told me she did not think I could take Miss Rosamond with me, for that she was my lord's ward, and I had no right over her; and she asked me, would I leave the child that I was so fond of, just for sounds and sights that could do me no harm; and that they had all had to get used to in their turns? I was all in a hot, trembling passion; and I said it was very well for her to talk, that knew what these sights and noises betokened, and that had, perhaps, had something to do with the Spectre-Child while it was alive. And I taunted her so, that she told me all she knew, at last; and then I wished I had never been told, for it only made me afraid more than ever.

She said she had heard the tale from old neighbours, that were alive when she was first married; when folks used to come to the hall sometimes, before it had got such a bad name on the countryside: it might not be true, or it might, what she had been told.

The old lord was Miss Furnivall's father – Miss Grace as Dorothy called her, for Miss Maude was the elder, and Miss Furnivall by rights. The old lord was eaten up with pride. Such a proud man was never seen

doch jetzt, wo ich das jammernde Kind mit eigenen Augen gesehen hätte, das herausgeputzt sei wie kein anderes Kind in der Gegend, das ohne irgendein Geräusch oder einen Ton zu machen klopfte und hämmerte, um hereingelassen zu werden, das eine dunkle Wunde an der rechten Schulter trage und von Miss Rosamond als das Geisterkind wiedererkannt worden sei, das sie beinahe in den Tod gelockt hatte (und Dorothy wusste, dass es so war), könne ich es nicht länger ertragen.

Ich sah Dorothy ein- oder zweimal die Farbe wechseln. Als ich fertig war, erwiderte sie, sie glaube nicht, dass ich Miss Rosamond mitnehmen könne, da sie das Mündel meines Herrn sei und ich keinen rechtmäßigen Anspruch auf sie hätte. Sie fragte mich, ob ich denn das Kind, das ich so gern mochte, nur wegen Geräuschen und Erscheinungen verlassen wolle, die mir nichts anhaben konnten und an die sie sich alle mit der Zeit gewöhnt hatten. Doch ich war wie rasend vor Erregung und sagte, sie habe gut reden, sie wisse schließlich, was diese Erscheinungen und Geräusche bedeuteten, und dass es vielleicht etwas mit dem Leben des Geisterkinds zu tun hätte. Ich machte ihr solche Vorwürfe, dass sie mir schließlich alles erzählte, was sie wusste, worauf ich mir wünschte, man hätte es mir nie erzählt, denn jetzt hatte ich noch mehr Angst als jemals zuvor.

Sie sagte, sie habe die Geschichte von alten Nachbarn gehört, die noch lebten, als sie frisch verheiratet war. Damals seien die Menschen noch manchmal zum Herrenhaus gekommen, bevor es in der ganzen Gegend so verrufen war. Was man ihr erzählt habe, könne wahr sein oder auch nicht.

Bei dem alten Lord handele es sich um den Vater von Miss Furnivall – Dorothy nannte sie Miss Grace, da die ältere, Miss Maude, die rechtmäßige Miss Furnivall war. Der alte Lord sei vom Stolz zerfressen gewesen. Noch nie habe man einen so

or heard of; and his daughters were like him. No one was good enough to wed them, although they had choice enough; for they were the great beauties of their day, as I had seen by their portraits, where they hung in the state drawing-room. But, as the old saying is, 'Pride will have a fall'; and these two haughty beauties fell in love with the same man, and he no better than a foreign musician, whom their father had down from London to play music with him at the Manor House. For, above all things, next to his pride, the old lord loved music. He could play on nearly every instrument that ever was heard of: and it was a strange thing it did not soften him; but he was a fierce dour old man, and had broken his poor wife's heart with his cruelty, they said. He was mad after music, and would pay any money for it. So he got this foreigner to come; who made such beautiful music, that they said the very birds on the trees stopped their singing to listen. And, by degrees, this foreign gentleman got such a hold over the old lord, that nothing would serve him but that he must come every year; and it was he that had the great organ brought from Holland, and built up in the hall, where it stood now. He taught the old lord to play on it; but many and many a time, when Lord Furnivall was thinking of nothing but his fine organ, and his finer music, the dark foreigner was walking abroad in the woods with one of the young ladies; now Miss Maude, and then Miss Grace.

Miss Maude won the day and carried off the prize, such as it was; and he and she were married, all unknown to anyone; and before he made his next yearly

hochmütigen Mann gesehen oder von einem gehört, und die Töchter seien genauso gewesen. Keiner sei als Ehemann gut genug für sie gewesen, obwohl sie genügend Auswahl gehabt hätten, denn sie seien zu ihrer Zeit große Schönheiten gewesen, wie ich auf den Bildern gesehen hätte, die im Empfangssalon hingen. Doch wie es in dem alten Sprichwort heiße: «Hochmut kommt vor dem Fall». Die beiden stolzen Schönheiten hatten sich in denselben Mann verliebt, der nichts Besseres als ein ausländischer Musiker war, den ihr Vater aus London mitgebracht hatte, um mit ihm im Herrenhaus Musik zu machen. Denn neben seinem Stolz liebte der alte Lord vor allem die Musik. Er spielte fast jedes Instrument, das man sich vorstellen konnte, und es war seltsam, dass ihn dies nicht milder stimmte. Doch er war ein böser, eigensinniger alter Mann, und es hieß, er habe seiner armen Frau mit seiner Grausamkeit das Herz gebrochen. Er war verrückt nach Musik und bereit, jeden Preis für sie zu zahlen. Deshalb ließ er jenen Fremden kommen, der so schöne Musik gemacht haben soll, dass die Vögel in den Bäumen zu singen aufhörten, um ihm zuzuhören. Nach und nach gewann der Fremde soviel Einfluss auf den alten Lord, dass dieser nur zufrieden war, wenn er jedes Jahr kam. Er sei es auch gewesen, der die große Orgel aus Holland bringen und in der Halle aufbauen ließ, wo sie jetzt stand. Dem alten Lord brachte er bei, darauf zu spielen, doch allzu oft, wenn Lord Furnivall an nichts anderes als an seine schöne Orgel und seine noch schönere Musik dachte, spazierte der dunkle Fremde mit einer der jungen Ladies draußen durch die Wälder; mal mit Miss Maude, mal mit Miss Grace.

Es sei so gewesen, dass Miss Maude den Sieg davongetragen und den Preis bekommen hat. Ohne es irgendjemanden wissen zu lassen, heirateten die beiden, und bis er zu seinem

visit, she had been confined of a little girl at a farm-house on the Moors, while her father and Miss Grace thought she was away at Doncaster Races. But though she was a wife and a mother, she was not a bit soft-ened, but as haughty and as passionate as ever; and perhaps more so, for she was jealous of Miss Grace, to whom her foreign husband paid a deal of court – by way of blinding her – as he told his wife. But Miss Grace triumphed over Miss Maude, and Miss Maude grew fiercer and fiercer, both with her husband and with her sister; and the former – who could easily shake off what was disagreeable, and hide himself in foreign countries – went away a month before his usual time that summer, and half-threatened that he would never come back again. Meanwhile, the little girl was left at the farm-house, and her mother used to have her horse saddled and gallop wildly over the hills to see her once every week, at the very least – for where she loved, she loved; and where she hated, she hated. And the old lord went on playing – playing on his organ; and the servants thought the sweet music he made had soothed down his awful temper, of which (Dorothy said) some terrible tales could be told. He grew infirm too, and had to walk with a crutch; and his son – that was the present Lord Furnivall's father – was with the army in America, and the other son at sea; so Miss Maude hat it pretty much her own way, and she and Miss Grace grew colder and bitterer to each other every day; till at last they hardly ever spoke, except when the old lord was by. The foreign musician came again the next summer, but it was for the last time; for they led him such a life with their

nächsten jährlichen Besuch kam, war sie in einem Bauernhaus im Moor von einem kleinen Mädchen entbunden worden, während ihr Vater und Miss Grace sie beim Pferderennen in Doncaster wähnten. Doch auch als Ehefrau und Mutter wurde sie kein bisschen sanfter, sondern blieb so hochmütig und aufbegehrend wie immer, vielleicht sogar noch mehr, denn sie war eifersüchtig auf Miss Grace, der ihr ausländischer Ehemann ordentlich den Hof machte – um sie zu blenden, wie er seiner Frau gegenüber behauptete. Doch Miss Grace verhöhnte Miss Maude, und Miss Maude wurde immer böser auf ihren Ehemann und ihre Schwester. Ersterem war es ein Leichtes, alles Unangenehme abzuschütteln und sich in fremden Ländern zu verstecken. In jenem Sommer reiste er einen Monat früher ab als sonst und drohte halb, nie mehr zurückzukommen. Das kleine Mädchen lebte unterdessen in dem Bauernhaus, und ihre Mutter ließ sich einmal in der Woche ihr Pferd satteln und galoppierte stürmisch über die Hügel, um sie wenigstens zu besuchen, denn wo sie liebte, liebte sie, und wo sie hasste, hasste sie. Der alte Lord machte weiter Musik. Er spielte auf seiner Orgel, und den Dienern kam es so vor, als hätte die schöne Musik, die er spielte, sein furchtbares Gemüt beruhigt, von dem sich (wie Dorothy sagte) ein paar schreckliche Geschichten erzählen ließen. Außerdem wurde er gebrechlich und musste an einer Krücke gehen. Sein Sohn – der Vater des gegenwärtigen Lord Furnivall – weilte mit der Armee in Amerika, und der andere Sohn fuhr zur See, deshalb konnte es ganz nach Miss Maude gehen. Das Verhältnis zwischen ihr und Miss Grace wurde mit jedem Tag kühler und verbitterter, bis sie schließlich, außer in Gegenwart des alten Lords, kaum noch miteinander redeten. Im nächsten Sommer kam der fremdländische Musiker zurück, doch es war das letzte Mal, denn sie machten ihm das Leben

jealousy and their passions, that he grew weary, and went away, and never was heard of again. And Miss Maude, who had always meant to have her marriage acknowledged when her father should be·dead, was left now a deserted wife – whom nobody knew to have been married – with a child that she dared not own, although she loved it to distraction; living with a father whom she feared, and a sister whom she hated. When the next summer passed over and the dark foreigner never came, both Miss Maude and Miss Grace grew gloomy and sad; they had a haggard look about them, though they looked handsome as ever. But by-and-by Miss Maude brightened; for her father grew more and more infirm, and more than ever carried away by his music; and she and Miss Grace lived almost entirely apart, having separate rooms, the one on the west side, Miss Maude on the east – those very rooms which were now shut up. So she thought she might have her little girl with her, and no one need ever know except those who dared not speak about it, and were bound to believe that it was, as she said, a cottager's child she had taken a fancy to. All this, Dorothy said, was pretty well known; but what came afterwards no one knew, except Miss Grace, and Mrs Stark, who was even then her maid, and much more of a friend to her than ever her sister had been. But the servants supposed, from words that were dropped, that Miss Maude had triumphed over Miss Grace, and told her that all the time the dark foreigner had been mocking her with pretended love – he was her own husband; the colour left Miss Grace's cheek and lips that very day for ever, and she was heard to say many

mit ihrer Eifersucht und ihren leidenschaftlichen Ausbrüchen so schwer, dass er es leid wurde. Er ging fort, man hörte nie wieder von ihm, und Miss Maude, die immer vorgehabt hatte, ihre Ehe nach dem Tod des Vaters anerkennen zu lassen, war jetzt eine verlassene Frau. Niemand wusste, dass sie verheiratet war und ein Kind hatte, zu dem sie sich, obwohl sie es über alles liebte, nicht zu bekennen wagte, da sie mit einem Vater zusammenlebte, den sie fürchtete, und einer Schwester, die sie hasste. Als der nächste Sommer sich seinem Ende zu neigte und der dunkle Fremde nicht kam, wurden Miss Maude und Miss Grace beide schwermütig und traurig. Obwohl sie so hübsch wie immer aussahen, wirkten sie abgehärmt. Doch mit der Zeit hellte sich Miss Maudes Gemüt wieder auf, denn ihr Vater wurde immer gebrechlicher und tauchte mehr als jemals zuvor in seine Musik ein. Mit Miss Grace hatte sie fast nichts mehr zu tun, denn sie hatten beide eigene Zimmer, die eine im Westflügel, Miss Maude im Ostflügel – genau die Räume, die jetzt zugesperrt sind. Sie dachte deshalb, sie könne ihr kleines Mädchen zu sich nehmen, ohne dass es jemals ein Mensch erfahren müsse, außer denjenigen, die nicht wagten, darüber zu sprechen, und bestimmt glaubten, was sie ihnen sagte, nämlich dass es das Kind eines Pachtbauern wäre, in das sie vernarrt sei. Dies alles, erzählte Dorothy, sei recht bekannt, aber was dann geschah, wisse niemand, außer Miss Grace und Mrs. Stark, die schon damals deren Dienstmädchen und ihr eine bessere Freundin war, als die Schwester es jemals gewesen sei. Doch Worte, die sie aufgeschnappt hatten, ließen die Dienstboten vermuten, dass Miss Maude Miss Grace verhöhnt und zu ihr gesagt habe, der dunkle Fremde habe sich mit seiner vorgetäuschten Liebe nur lustig über sie gemacht, und er sei ihr Ehemann. An jenem Tag sei für immer alle Farbe aus Miss Graces Wangen

a time that sooner or later she would have her re-
venge; and Mrs Stark was for ever spying about the
east rooms.

One fearful night, just after the New Year had
come in, when the snow was lying thick and deep,
and the flakes were still falling – fast enough to blind
anyone who might be out and abroad – there was a
great and violent noise heard, and the old lord's voice
above all, cursing and swearing awfully – and the
cries of a little child – and the proud defiance of a
fierce woman – and the sound of a blow – and a dead
stillness – and moans and wailings dying away on the
hill-side! Then the old lord summoned all his servants, and told them, with terrible oaths, and words
more terrible, that his daughter had disgraced herself,
and that he had turned her out of doors – her, and her
child – and that if ever they gave her help – or food –
or shelter – he prayed that they might never enter
Heaven. And, all the while, Miss Grace stood by him,
white and still as any stone; and when he had ended
she heaved a great sigh, as much as to say her work
was done, and her end was accomplished. But the old
lord never touched his organ again, and died within
the year; and no wonder! for, on the morrow of that
wild and fearful night, the shepherds, coming down
the Fell side, found Miss Maude sitting, all crazy and
smiling, under the holly-trees, nursing a dead child –
with a terrible mark on its right shoulder. 'But that
was not what killed it,' said Dorothy; 'it was the frost
and the cold; – every wild creature was in its hole, and
every beast in its fold – while the child and its mother
were turned out to wander on the Fells! And now you

und Lippen gewichen und man habe sie oft sagen hören, dass sie sich früher oder später rächen würde. Mrs. Stark strich indessen andauernd um die östlichen Gemächer.

An einem furchtbaren Abend kurz nach Neujahr, der Schnee lag dick und tief, und die Flocken fielen immer noch weiter, dicht genug, um jeden, der draußen und im Freien war, blind zu machen, hörte man einen großen und gewaltigen Lärm. Über allem war die aufs Schrecklichste schimpfende und fluchende Stimme des alten Lords zu vernehmen, das Schreien eines kleinen Kindes, das stolze Aufbegehren einer wütenden Frau – und das Geräusch eines Schlags. Dann Totenstille und ein Jammern und Klagen, das immer ferner in den Hügeln verhallte. Als nächstes ließ der alte Lord alle seine Dienstboten kommen und teilte ihnen unter schlimmen Verwünschungen und noch schlimmeren Worten mit, dass seine Tochter Schande über sich gebracht und er sie – sie und ihr Kind – aus dem Haus geworfen habe. Wer immer ihr helfen würde, ihr Essen oder Zuflucht gäbe, würde niemals in den Himmel kommen, dafür werde er beten. Miss Grace hatte die ganze Zeit weiß und stumm wie ein Stein neben ihm gestanden, und als er fertig war, seufzte sie schwer auf, als wolle sie sagen, ihr Werk sei vollbracht und sie habe ihr Ziel erreicht. Der alte Lord aber rührte seine Orgel nie wieder an und starb noch im selben Jahr, was kein Wunder war, denn am Morgen nach jener wüsten, fürchterlichen Nacht fanden die Schäfer, die aus den Fells hinab kamen, Miss Maude unter den Stechpalmen, wo sie völlig verrückt und lächelnd saß und ein totes Kind in den Armen hielt, das eine schreckliche Wunde an der rechten Schulter hatte. «Doch daran ist es nicht gestorben», sagte Dorothy, «es war der Frost und die Kälte. Jedes Wildtier war in seinem Bau und jedes Vieh in seinem Pferch, während man das Kind und seine Mutter in die Fells

know all! and I wonder if you are less frightened now?'

I was more frightened than ever; but I said I was not. I wished Miss Rosamond and myself well out of that dreadful house for ever; but I would not leave her, and I dared not take her away. But oh! how I watched her, and guarded her! We bolted the doors and shut the window-shutters fast, an hour or more before dark, rather than leave them open five minutes too late. But my little lady still heard the weird child crying and mourning; and not all we could do or say could keep her from wanting to go to her, and let her in from the cruel wind and the snow. All this time, I kept away from Miss Furnivall and Mrs Stark, as much as ever I could; for I feared them – I knew no good could be about them, with their grey hard faces, and their dreamy eyes, looking back into the ghastly years that were gone. But, even in my fear, I had a kind of pity – for Miss Furnivall, at least. Those gone down to the pit can hardly have a more hopeless look than that which was ever on her face. At last I even got so sorry for her – who never said a word but what was quite forced from her – that I prayed for her; and I taught Miss Rosamond to pray for one who had done a deadly sin; but often when she came to those words, she would listen, and start up from her knees, and say, 'I hear my little girl playing and crying very sad – Oh! let her in, or she will die!'

One night – just after New Year's Day had come at last, and the long winter had taken a turn, as I hoped – I heard the west drawing-room bell ring

hinaus geschickt hatte! Und nun weißt du alles. Ich frage mich, ob du jetzt weniger Angst hast?»

Ich hatte mehr Angst als jemals zuvor, doch ich gab es nicht zu. Für immer wünschte ich Miss Rosamond und mich aus diesem grauenvollen Haus fort, doch ich wollte sie nicht alleinlassen und wagte nicht, sie mitzunehmen. Aber wie ich sie jetzt hütete und beobachtete! Lieber, als sie fünf Minuten zu lang offen zu lassen, verriegelten wir eine Stunde vor der Dunkelheit oder früher die Türen und schlossen die Fensterläden fest zu. Doch meine kleine Lady hörte das unheimliche Kind immer noch weinen und klagen, und was wir auch taten oder sagten, nichts konnte sie davon abhalten, zu ihm gehen zu wollen, um es aus dem unbarmherzigen Wind und dem Schnee zu holen. Von Miss Furnivall und Mrs. Stark hielt ich mich die ganze Zeit fern, so gut es nur ging, denn ich hatte Angst vor ihnen. Mit ihren grauen, versteinerten Gesichtern und den abwesenden Augen, die in die schauderhaften Jahre der Vergangenheit zurückblickten, konnte von ihnen nichts Gutes kommen, das wusste ich. Doch selbst in meiner Angst spürte ich eine Art Mitleid, zumindest für Miss Furnivall. Selbst die, die bis in die Hölle gegangen sind, können keinen hoffnungsloseren Gesichtsausdruck haben als sie ihn immer hatte. Schließlich tat sie, die nie ein Wort mehr sagte, als man ihr abrang, mir sogar so leid, dass ich für sie betete und Miss Rosamond anhielt, für jemanden zu beten, der eine Todsünde begangen hatte. Doch wenn sie zu diesen Worten kam, geschah es oft, dass sie aufhorchte, von ihren Knien sprang und sagte, «ich höre mein kleines Mädchen ganz traurig jammern und weinen. Oh, lass sie rein, sonst stirbt sie!»

Eines Abends, Neujahr war endlich gekommen und der lange Winter nahm, wie ich hoffte, eine Wende, hörte ich, wie im westlichen Salon die Glocke dreimal läutete, was ein Zeichen

three times, which was a signal for me. I would not leave Miss Rosamond alone, for all she was asleep – for the old lord had been playing wilder than ever – and I feared lest my darling should waken to hear the Spectre-Child; see her I knew she could not. I had fastened the windows too well for that. So I took her out of her bed and wrapped her up in such outer clothes as were most handy, and carried her down to the drawing-room, where the old ladies sat at their tapestry-work as usual. They looked up when I came in, and Mrs Stark asked, quite astounded, 'Why did I bring Miss Rosamond there, out of her warm bed?' I begun to whisper, 'Because I was afraid of her being tempted out while I was away, by the wild child in the snow,' when she stopped me short (with a glance at Miss Furnivall), and said Miss Furnivall wanted me to undo some work she had done wrong, and which neither of them could see to unpick. So I laid my pretty dear on the sofa, and sat down on a stool by them, and hardened my heart against them, as I heard the wind rising and howling.

Miss Rosamond slept on sound, for all the wind blew so; and Miss Furnivall said never a word, nor looked round when the gusts shook the windows. All at once she started up to her full height, and put up one hand, as if to bid us listen.

'I hear voices!' said she, 'I hear terrible screams – I hear my father's voice!'

Just at that moment my darling wakened with a sudden start: 'My little girl is crying, oh, how she is crying!' and she tried to get up and go to her, but she got her feet entangled in the blanket, and I

für mich war. Obwohl sie schlief, wollte ich Miss Rosamond nicht allein lassen, denn der alte Lord hatte wilder als jemals zuvor gespielt, und ich hatte Angst, mein Liebling könnte wach werden und das Geisterkind hören, auch wenn ich wusste, dass sie es nicht sehen konnte. Also hob ich sie aus dem Bett, wickelte sie in ein paar Kleidungsstücke, die mir gerade in die Hand fielen, und trug sie in den Salon hinab, in dem die alten Damen wie gewöhnlich an ihrer Gobelin-Arbeit saßen. Als ich eintrat, blickten sie auf, und Mrs. Stark fragte recht erstaunt, weshalb ich Miss Rosamond aus ihrem warmen Bett hierher brächte. «Weil ich Angst habe, dass sie in meiner Abwesenheit von dem wilden Kind im Schnee nach draußen gelockt wird», hatte ich gerade zu flüstern begonnen, als sie mich (mit einem Seitenblick auf Miss Furnivall) unterbrach und sagte, Miss Furnivall wolle, dass ich ihr eine Arbeit aufmache, bei der sie sich vertan hatte, die sie aber beide nicht gut genug sehen könnten, um sie aufzutrennen. Also legte ich meinen hübschen Liebling aufs Sofa und setzte mich auf einen Stuhl neben sie, und als ich den Wind auffrischen und heulen hörte, wuchs mein Unmut ihnen gegenüber.

Doch so sehr der Wind auch blasen mochte, Miss Rosamond schlief fest weiter. Miss Furnivall sagte kein einziges Wort und blickte sich auch nicht um, als die Böen die Fenster erzittern ließen. Plötzlich aber erhob sie sich, richtete sich zu voller Größe auf und hielt eine Hand hoch, als wolle sie sich Gehör verschaffen.

«Ich höre Stimmen!», sagte sie. «Ich höre schreckliches Geschrei – ich höre die Stimme meines Vaters!»

Genau in dem Augenblick wachte mein Liebling mit einem Ruck auf: «Mein kleines Mädchen weint, oh, wie sie weint!» Sie versuchte aufzustehen und zu ihr zu laufen, doch ihre Füße verhedderten sich in der Decke und ich fing sie auf, denn mir

caught her up; for my flesh had begun to creep at these noises, which they heard while we could catch no sound. In a minute or two the noises came, and gathered fast, and filled our ears; we, too, heard voices and screams, and no longer heard the winter's wind that raged abroad. Mrs Stark looked at me, and I at her, but we dared not speak. Suddenly Miss Furnivall went towards the door, out into the ante-room, through the west lobby, and opened the door into the great hall. Mrs Stark followed, and I durst not be left, though my heart almost stopped beating for fear. I wrapped my darling tight in my arms, and went out with them. In the hall the screams were louder then ever; they sounded to come from the east wing – nearer and nearer – close on the other side of the locked-up doors – close behind them. Then I noticed that the great bronze chandelier seemed all alight, though the hall was dim, and that a fire was blazing in the vast hearth-place, though it gave no heat; and I shuddered up with terror, and folded my darling closer to me. But as I did so, the east door shook, and she, suddenly struggling to get free from me, cried, 'Hester, I must go! My little girl is there; I hear her; she is coming! Hester, I must go!'

I held her tight with all my strength; with a set will, I held her. If I had died, my hands would have grasped her still, I was so resolved in my mind. Miss Furnivall stood listening, and paid no regard to my darling, who had got down to the ground, and whom I, upon my knees now, was holding with both my arms clasped round her neck; she still striving and crying to get free.

lief es kalt den Rücken runter, weil sie Geräusche hörten, während wir keinen Ton vernahmen. Nach ein, zwei Minuten kam der Lärm näher, stieg schnell an und dröhnte in unseren Ohren, denn jetzt hörten auch wir Stimmen und Geschrei und nicht mehr den Winterwind, der draußen tobte. Mrs. Stark blickte mich an und ich blickte sie an, doch wir wagten nicht zu sprechen. Plötzlich ging Miss Furnivall zur Tür, hinaus ins Vorzimmer, durch den Westkorridor und öffnete die Tür zur großen Eingangshalle. Mrs. Stark folgte ihr, und ich wagte nicht zurückzubleiben, obwohl mein Herz vor Angst fast aussetzte. Ich nahm meinen Liebling fest in die Arme und ging mit den anderen hinaus. In der Halle war das Geschrei noch lauter. Es klang, als käme es aus dem Ostflügel, von der anderen Seite der fest verschlossenen Türen, ganz dicht hinter ihnen, und es kam immer näher und näher. Dann fiel mir auf, dass der große bronzene Kerzenleuchter zu brennen schien, obwohl in der Halle Dämmerlicht herrschte, und ein Feuer in dem riesigen Kamin loderte, das aber keine Wärme abgab. Es schüttelte mich vor Grauen, und ich drückte meinen Liebling fester an mich, doch noch während ich das tat, erzitterte die Osttür. Miss Rosamond kämpfte sich von mir frei und schrie, «Hester, ich muss gehen! Mein kleines Mädchen ist dort; ich höre sie; sie kommt! Hester, ich muss gehen!»

Ich hielt sie mit ganzer Kraft fest, packte sie mit eisernem Willen. Wenn ich gestorben wäre, hätten meine Hände sie noch immer umklammert gehalten, so entschlossen war ich. Miss Furnivall stand lauschend da und achtete nicht auf meinen Liebling, der sich auf den Boden herunter gekämpft hatte und den ich, jetzt auf den Knien, mit beiden Armen um den Hals festhielt, während sie immer noch strampelte und schrie, um freizukommen.

All at once the east door gave way with a thundering crash, as if torn open in a violent passion, and there came into that broad and mysterious light, the figure of a tall old man, with grey hair and gleaming eyes. He drove before him, with many a relentless gesture of abhorrence, a stern and beautiful woman, with a little child clinging to her dress.

'O Hester! Hester!' cried Miss Rosamond. 'It's the lady! the lady below the holly-trees; and my little girl is with her. Hester! Hester! let me go to her; they are drawing me to them. I feel them – I feel them. I must go!'

Again she was almost convulsed by her efforts to get away; but I held her tighter and tighter, till I feared I should do her a hurt; but rather that than let her go towards those terrible phantoms. They passed along towards the great hall-door, where the wind howled and ravened for their prey; but before they reached that, the lady turned; and I could see that she defied the old man with a fierce and proud defiance; but then she quailed – and then she threw up her arms wildly and piteously to save her child – her little child – from a blow from his uplifted crutch.

And Miss Rosamond was torn as if by a power stronger than mine, and writhed in my arms, and sobbed (for by this time the poor darling was growing faint).

'They want me to go with them on the Fells – they are drawing me to them. Oh, my little girl! I would come, but cruel, wicked Hester holds me very tight.' But when she saw the uplifted crutch

Wie von wilder Gewalt aufgerissen, gab die Osttür plötzlich mit einem donnernden Krachen nach, und die Gestalt eines großen, alten Mannes mit grauem Haar und funkelnden Augen trat in das geheimnisvolle Licht. Vor sich her trieb er mit vielen unerbittlichen Gesten des Abscheus eine strenge und schöne Frau, an deren Kleid sich ein kleines Kind klammerte.

«O Hester! Hester!», schrie Miss Rosamond. «Es ist die Lady! Die Lady unter den Stechpalmen. Und mein kleines Mädchen ist bei ihr. Hester! Hester! Lass mich zu ihr gehen, sie ziehen mich zu sich. Ich spüre sie – ich spüre sie. Ich muss gehen!»

Wieder wand sie sich in ihren Versuchen, freizukommen, doch ich hielt sie nur noch fester, bis ich fürchtete, ich könnte sie verletzen, was immer noch besser gewesen wäre, als sie zu jenen schrecklichen Erscheinungen gehen zu lassen. Sie schritten weiter auf die große Hallentür zu, wo der Sturm heulte und nach Beute lechzte, doch bevor sie dort ankamen, drehte die Lady sich um, und ich konnte sehen, dass sie dem alten Mann mit wütendem und stolzem Trotz die Stirn bot. Doch dann verzagte sie – und warf im nächsten Moment die Arme wild und Mitleid erweckend hoch, um ihr Kind, ihr kleines Kind, vor dem Schlag von seiner erhobenen Krücke zu schützen.

Miss Rosamond wurde wie von einer Kraft, die stärker war als ich, angezogen, sie wand sich in meinen Armen und schluchzte (denn mittlerweile ermattete mein armer Liebling).

«Sie wollen, dass ich mit ihnen in die Fells komme – sie ziehen mich zu sich. Oh, mein kleines Mädchen! Ich würde kommen, doch die grausame, böse Hester hält mich ganz fest.» Als sie aber die erhobene Krücke erblickte, sank sie in

she swooned away, and I thanked God for it. Just at this moment – when the tall old man, his hair streaming as in the blast of a furnace, was going to strike the little shrinking child – Miss Furnivall, the old woman by my side, cried out, 'Oh, father! father! spare the little innocent child!' But just then I saw – we all saw – another phantom shape itself, and grow clear out of the blue and misty light that filled the hall; we had not seen her till now, for it was another lady who stood by the old man, with a look of relentless hate and triumphant scorn. That figure was very beautiful to look upon, with a soft white hat drawn down over her proud brows and a red and curling lip. It was dressed in an open robe of blue satin. I had seen that figure before. It was the likeness of Miss Furnivall in her youth; and the terrible phantoms moved on, regardless of old Miss Furnivall's wild entreaty – and the uplifted crutch fell on the right shoulder of the little child, and the younger sister looked on, stony and deadly serene. But at that moment the dim lights, and the fire that gave no heat, went out of themselves, and Miss Furnivall lay at our feet stricken down by the palsy – death-stricken.

Yes! she was carried to her bed that night never to rise again. She lay with her face to the wall muttering low but muttering always: 'Alas! alas! what is done in youth can never be undone in age! What is done in youth can never be undone in age!'

Ohnmacht, wofür ich Gott dankte. Genau in dem Augenblick, als der große alte Mann, dessen Haar wie im Zug eines Ofens wehte, das kleine, zurückschreckende Kind schlagen wollte, schrie Miss Furnivall, die alte Frau neben mir, «Oh, Vater! Vater! Verschone das unschuldige kleine Kind!» Doch genau in dem Moment sah ich – wie wir alle – eine andere Erscheinung Gestalt annehmen und klar aus dem dunstigen blauen Licht in der Halle hervortreten. Wir hatten sie bis jetzt nicht gesehen, denn es war eine andere Lady, die mit einem Ausdruck unbarmherzigen Hasses und triumphierenden Hohns neben dem alten Mann stand. Diese Erscheinung war sehr schön anzusehen mit einem weichen weißen Hut, den sie sich in die stolze Stirn gezogen hatte, und einem roten, verächtlich verzogenem Mund. Sie war in einen offenen Mantel aus blauem Satin gekleidet. Ich hatte diese Person schon einmal gesehen, es war das Bild der jungen Miss Furnivall. Ohne auf Miss Furnivalls wildes Flehen zu achten, zogen die schrecklichen Erscheinungen weiter, und die erhobene Krücke fiel auf die rechte Schulter des kleinen Kindes, während die jüngere Schwester wie versteinert und mit tödlicher Heiterkeit zusah. Doch sogleich gingen die schwachen Lichter und das Feuer, das keine Wärme gab, von selbst aus, und Miss Furnivall lag wie von einer Ohnmacht gelähmt vor uns – einer tödlichen Ohnmacht.

Ja! Sie wurde an jenem Abend in ihr Bett getragen, aus dem sie sich nie mehr erheben sollte. Mit dem Gesicht zur Wand lag sie da und stammelte leise, aber ohne Unterlass: «Oh wehe! Wehe! Was man in der Jugend getan hat, kann im Alter nicht ungeschehen gemacht werden! Was man in der Jugend getan hat, kann im Alter nicht ungeschehen gemacht werden!»

# Amelia B. Edwards
## The story of Salome

A few years ago, no matter how many, I, Harcourt
Blunt, was travelling with my friend Coventry Turnour, and it was on the steps of our hotel that I re-
ceived from him the announcement – he sent one to
me – that he was again in love.

'I tell you, Blunt,' said my fellow-traveller, 'she's
the loveliest creature I ever beheld in my life.'

I laughed outright.

'My dear fellow,' I replied, 'you've so often seen
the loveliest creature you ever beheld in your life.'

'Ay, but I am in earnest now for the first time.'

'And you have so often been in earnest for the first
time! Remember the innkeeper's daughter at Cologne.'

'A pretty housemaid, whom no training could
have made presentable.'

'Then there was the beautiful American at Inter-
lachen.'

'Yes; but –'

'And the Bella Marchesa at Prince Torlonia's ball.'

'Not one of them worthy to be named in the same
breath with my imperial Venetian. Come with me to
the Mercería and be convinced. By taking a gondola
to St Mark's Place we shall be there in a quarter of
an hour.'

I went, and he raved of his new flame all the way.
She was a Jewess – he would convert her. Her father
kept a shop in the Mercería – what of that? He dealt
only in costliest Oriental merchandise, and was as

## Amelia B. Edwards
## Salome

Vor ein paar Jahren – wann genau, tut nichts zur Sache – war ich, Harcourt Blunt, mit meinem Freund Coventry Turnour auf Reisen. Auf der Treppe unseres Hotels erhielt ich von ihm die Mitteilung – und zwar schriftlich –, dass er wieder einmal verliebt sei.

«Ich sage dir, Blunt», erklärte mein Reisebegleiter, «sie ist das lieblichste Wesen, das ich in meinem ganzen Leben gesehen habe.»

Ich lachte ihm ins Gesicht.

«Mein Lieber», erwiderte ich, «du hast schon so oft das lieblichste Wesen in deinem ganzen Leben gesehen.»

«Ja, aber jetzt ist es mir zum ersten Mal ernst.»

«Und es ist dir schon so oft zum ersten Mal ernst gewesen! Denk nur an die Wirtstochter in Köln.»

«Ein hübsches Hausmädchen, das durch keine Ausbildung vorzeigbar geworden wäre.»

«Dann die schöne Amerikanerin in Interlaken.»

«Ja, aber …»

«Und die Bella Marchesa auf dem Ball des Prinzen Torlonia.»

«Keine von ihnen verdient es, im selben Atemzug mit meiner königlichen Venezianerin genannt zu werden. Komm mit mir in die Merceria und überzeuge dich selbst. Wenn wir eine Gondel zum Markusplatz nehmen, sind wir in einer Viertelstunde dort.»

Ich ging mit, und er schwärmte den ganzen Weg über von seiner neuen Flamme. Sie sei Jüdin – er würde sie bekehren. Ihr Vater habe ein Geschäft in der Merceria – na und? Er handele nur mit den prächtigsten orientalischen Waren und sei so

rich as a Rothschild. As for any probable injury to his own prospects, why need he hesitate on that account? What were 'prospects' when weighed against the happiness of one's whole life? Besides, he was not ambitious. He didn't care to go into Parliament. If his uncle Sir Geoffrey cut him off with a shilling, what then? He had a moderate independence of which no one living could deprive him, and what more could any reasonable man desire?

I listened, smiled, and was silent. I knew Coventry Turnour too well to attach the smallest degree of importance to anything that he might say or do in a matter of this kind. To be distractedly in love was his normal condition. We had been friends from boyhood; and since the time when he used to cherish a hopeless attachment to the young lady behind the counter of the tart-shop at Harrow, I had never known him 'fancy-free' for more than a few weeks at a time. He had gone through every phase of no less than three *grandes passions* during the five months that we had now been travelling together; and having left Rome about eleven weeks before with every hope laid waste, and a heart so broken that it could never by any possibility be put together again, he was now, according to the natural course of events, just ready to fall in love again.

We landed at the traghetto San Marco. It was a cloudless morning towards the middle of April, just ten years ago. The ducal palace glowed in the hot sunshine; the boatmen were clustered, gossiping, about the Molo; the orange-vendors were busy under the arches of the piazzetta; the flâneurs were already eating ices and smoking cigarettes outside the cafés. There was an

reich wie ein Rothschild. Und was die mögliche Gefährdung seiner eigenen Aussichten angehe, warum sollte er deswegen zögern? Was seien schon ‹Aussichten› gegen das Lebensglück eines Menschen? Außerdem sei er nicht ehrgeizig. Er habe kein Interesse daran, ins Parlament zu gehen. Solle ihn sein Onkel Sir Geoffrey doch ruhig enterben. Na und? Er habe ein bescheidenes Einkommen, das ihm kein Mensch auf der Welt streitig machen könne, und mehr könne sich ein vernünftiger Mann nicht wünschen.

Lächelnd hörte ich zu und schwieg. Ich kannte Coventry Turnour zu gut, um seinen Reden oder Taten in diesen Dingen auch nur den geringsten Hauch von Wichtigkeit beizumessen. Verliebtsein bis über beide Ohren war bei ihm Normalzustand. Seit unserer Kindheit waren wir Freunde, und seit der Zeit, als er eine hoffnungslose Neigung zu der jungen Dame hinter der Theke der Konditorei von Harrow hegte, hatte ich ihn nie länger als ein paar Wochen am Stück ‹frei und ungebunden› erlebt. In den fünf Monaten, die wir jetzt zusammen reisten, hatte er jede einzelne Phase von immerhin drei *grandes passions* durchlitten, und nachdem er vor ungefähr elf Wochen Rom im Zustand vollkommener Hoffnungslosigkeit und mit einem derart gebrochenen Herzen verlassen hatte, dass es unter keinen Umständen jemals wieder geheilt werden konnte, war er jetzt, ganz dem natürlichen Gang der Dinge entsprechend, wieder bereit, sich zu verlieben.

Am Traghetto San Marco gingen wir an Land. Es war ein wolkenloser Morgen Mitte April vor knapp zehn Jahren. Der Dogenpalast glühte im heißen Sonnenschein und die Gondolieri scharten sich schwatzend auf der Mole. Unter den Bögen der Piazzetta betrieben Orangenverkäufer ihre Geschäfte, und vor den Cafés aßen die Flaneure bereits Eis und rauchten. Direkt vor dem Markusdom spielte in strammer Haltung, in

Austrian military band, strapped, buckled, mousta-
chioed, and white-coated, playing just in front of St
Mark's; and the shadow of the great bell-tower slept
all across the square.

Passing under the low round archway leading to the
Merceria, we plunged at once into that cool labyrinth
of narrow, intricate, and picturesque streets, where the
sun never penetrates – where no wheels are heard,
and no beast of burden is seen – where every house
is a shop, and every shop-front is open to the ground,
as in an Oriental bazaar – where the upper balconies
seem almost to meet overhead, and are separated by
only a strip of burning sky – and where more than
three people cannot march abreast in any part. Push-
ing our way as best we might through the motley
crowd that here chatters, cheapens, buys, sells, and
perpetually bustles to and fro, we came presently to
a shop for the sale of Eastern goods. A few glass jars
filled with spices, and some pieces of stuff, untidily
strewed the counter next the street; but within, dark
and narrow though it seemed, the place was crammed
with costliest merchandise. Cases of gorgeous Oriental jewellery, embroideries and fringes of massive
gold and silver bullion, precious drugs and spices,
exquisite toys in filigree, miracles of carving in ivory,
sandal-wood, and amber, jewelled yataghans, scimitars
of state rich with 'barbaric pearl and gold', bales of
Cashmere shawls, China silks, India muslins, gauzes,
and the like, filled every inch of available space from
floor to ceiling, leaving only a narrow lane from the
door to the counter, and a still narrower passage to
the rooms beyond the shop.

weißen Röcken und mit Schnurrbärten, eine österreichische Militärkapelle. Über dem ganzen Platz lag der Schatten des großen Glockenturms.

Wir traten durch den niedrigen Rundbogen, der in die Merceria führte, und tauchten sofort in das kühle Labyrinth der engen, malerisch verwinkelten Gassen ein, in die nie ein Sonnenstrahl fällt, in denen keine Räder zu hören und keine Lasttiere zu sehen sind, in denen jedes Haus ein Laden und jede Ladenfront wie in einem orientalischen Bazar bis zum Boden offen ist, die oberen Balkone sich, nur durch einen Streifen glühenden Himmels voneinander getrennt, über den Köpfen fast zu berühren scheinen, und nirgends mehr als drei Menschen nebeneinander hergehen können. So gut wie möglich bahnten wir uns unseren Weg durch die bunte Menge, die hier schnattert, feilscht, kauft, verkauft und ständig in Bewegung ist, und kamen bald zu einem Geschäft, das mit orientalischen Waren handelte. Ein paar Gläser voller Gewürze und einige Stofflumpen bedeckten den unordentlichen Verkaufstisch an der Straßenfront, doch im Inneren wirkte der Laden zwar eng und dunkel, war aber voll mit den erlesensten Gegenständen. Schachteln mit prächtigem orientalischen Schmuck, Bänder und Stickereien aus schwerer Gold- oder Silberlitze, kostbare Arzneien und Gewürze, ausgesuchtes Spielzeug in Filigranarbeit, geschnitzte Wunderwerke aus Elfenbein, Sandelholz und Bernstein, juwelenbesetzte Jatagans, mit ‹barbarischen Perlen und Gold› reich verzierte Prunksäbel, Ballen von Kaschmirtuch, chinesischer Seide, indischem Musselin, Gaze und ähnlichem mehr füllten vom Fußboden bis zur Decke jeden verfügbaren Zentimeter Raum und ließen nur einen schmalen Gang von der Tür zur Verkaufstheke und einen noch schmaleren Gang zu den Räumen hinter dem Laden frei.

We went in. A young woman, who was sitting reading on a low seat behind the counter, laid aside her book, and rose slowly. She was dressed wholly in black. I cannot describe the fashion of her garments. I only know that they fell about her in long, soft, trailing folds, leaving a narrow band of fine cambric visible at the throat and wrists; and that, however graceful and unusual this dress may have been, I scarcely observed it, so entirely was I taken up with admiration of her beauty.

For she was indeed very beautiful – beautiful in a way that I had not anticipated. Coventry Turnour, with all his enthusiasm, had failed to do her justice. He had raved of her eyes – her large, lustrous, melancholy eyes – of the transparent paleness of her complexion, of the faultless delicacy of her features; but he had not prepared me for the unconscious dignity, the perfect nobleness and refinement, that informed her every look and gesture. My friend requested to see a bracelet at which he had been looking the day before. Proud, stately, silent, she unlocked the case in which it was kept, and laid it before him on the counter. He asked permission to take it over to the light. She bent her head, but answered not a word. It was like being waited upon by a young empress.

Turnour took the bracelet to the door and affected to examine it. It consisted of a double row of gold coins linked together at intervals by a bean-shaped ornament, studded with pink coral and diamonds. Coming back into the shop he asked me if I thought it would please his sister, to whom he had promised a remembrance of Venice.

Wir traten ein. Eine junge Frau, die lesend auf einem niedrigen Stuhl hinter der Ladentheke saß, legte ihr Buch beiseite und stand langsam auf. Sie war ganz in Schwarz gekleidet. Ich kann den Stil ihres Kleides nicht beschreiben, ich weiß nur, dass es in langen, weich fließenden Falten um sie fiel und lediglich am Hals und an den Ärmeln eine schmale Bordüre aus feinem Batist zeigte. Doch so elegant und ungewöhnlich dieses Kleid auch gewesen sein mochte, ich bemerkte es kaum, da ich völlig in die Bewunderung ihrer Schönheit versunken war.

Denn sie war wirklich sehr schön – eine Art von Schönheit, wie ich sie nicht erwartet hatte. Bei aller Begeisterung war es Coventry Turnour nicht gelungen, sie angemessen zu beschreiben. Er hatte von ihren Augen geschwärmt, ihren großen, melancholisch glänzenden Augen, von der durchscheinenden Blässe ihres Teints und der makellosen Feinheit ihrer Züge, doch er hatte mich nicht auf diese unbewusste Würde vorbereitet, auf die vollkommene Haltung und Vornehmheit, die jeden ihrer Blicke und jede ihrer Gesten durchdrang. Mein Freund bat darum, ein Armband sehen zu dürfen, das er schon am Vortag angeschaut hatte. Stolz, erhaben und schweigend schloss sie den Schrank auf, in dem es aufbewahrt wurde, und legte es vor ihn auf den Ladentisch. Er fragte, ob er es mit ans Licht nehmen dürfe. Sie neigte den Kopf, sagte aber kein Wort. Es war, als würden wir von einer jungen Kaiserin bedient.

Turnour nahm das Armband mit zur Tür und tat so, als würde er es genau untersuchen. Es bestand aus einer Doppelreihe von Goldmünzen, die in regelmäßigen Abständen durch bohnenförmige, mit rosafarbenen Korallen und Diamanten besetzte Ornamente verbunden waren. Als er wieder in den Laden trat, fragte er mich, ob ich glaubte, es würde seiner Schwester gefallen, der er ein Andenken aus Venedig versprochen habe.

'It is a pretty trifle,' I replied; 'but surely a remembrance of Venice should be of Venetian manu-
facture. This, I suppose, is Turkish.'

The beautiful Jewess looked up. We spoke in En-
glish; but she understood and replied:

'*E Greco, signore,*' she said coldly.

At this moment an old man came suddenly forward from some dark counting-house at the back –
a grizzled, bearded, eager-eyed Shylock, with a pen
behind his ear.

'Go in, Salome – go in, my daughter,' he said hur-
riedly. 'I will serve these gentlemen.'

She lifted her eyes to his for one moment – then
moved silently away, and vanished in the gloom of
the room beyond.

We saw her no more. We lingered awhile, looking
over the contents of the jewel-cases; but in vain.
Then Turnour bought his bracelet, and we went out
again into the narrow streets, and back to the open
daylight of the Gran' Piazza.

'Well,' he said breathlessly, 'what do you think of
her?'

'She is very lovely.'

'Lovelier than you expected?'

'Much lovelier. But –'

'But what?'

'The sooner you succeed in forgetting her, the better.'

He vowed, of course, that he never would and never
could forget her. He would hear of no incompatibili-
ties, listen to no objections, believe in no obstacles.
That the beautiful Salome was herself not only unconscious of his passion and indifferent to his person,

«Eine hübsche Kleinigkeit», antwortete ich, «doch sicher sollte ein Andenken aus Venedig auch ein venezianisches Erzeugnis sein. Dies hier, denke ich, ist türkisch.»

Die schöne Jüdin blickte auf. Wir sprachen Englisch, doch sie verstand uns und erwiderte kühl:

«È *Greco, signore.*»

In diesem Moment trat plötzlich ein alter Mann aus einem dunklen Kontor im Hintergrund – ein grauhaariger, bärtiger Shylock mit flinken Augen, hinter dessen Ohr ein Stift klemmte.

«Geh rein, Salome – geh rein, meine Tochter», sagte er hastig. «Ich werde die Gentlemen bedienen.»

Einen kurzen Moment lang blickte sie ihn an, dann entfernte sie sich leise und verschwand in der Düsternis des Hinterzimmers.

Wir sahen sie nicht mehr wieder. Eine Weile lungerten wir noch herum und betrachteten die Auslagen in den Juwelenschränken, doch vergeblich. Turnour kaufte sein Armband, dann gingen wir wieder hinaus in die engen Gassen und zurück ins helle Tageslicht der Gran' Piazza.

«Also», sagte er atemlos, «wie findest du sie?»

«Sie ist sehr hübsch.»

«Hübscher, als du gedacht hast?»

«Viel hübscher. Aber …»

«Aber was?»

«Je eher es dir gelingt, sie zu vergessen, um so besser.»

Natürlich schwor er, dass er sie niemals vergessen könne und werde. Er wollte nichts von unüberwindlichen Gegensätzen wissen, keine Einwände hören oder an Hindernisse glauben. Dass die schöne Salome selbst weder von seiner Leidenschaft etwas wusste, noch Interesse an seiner Person hatte und nicht einmal seinen Namen und seine gesellschaftliche Stel-

but ignorant of his very name and station, were facts
not even to be admitted on the list of difficulties.
Finding him thus deaf to reason, I said no more.

It was all over, however, before the week was out.

'Look here, Blunt,' he said, coming up to me one
morning in the coffee-room of our hotel just as I
was sitting down to answer a pile of home-letters;
'would you like to go on to Trieste tomorrow?
There, don't look at me like that – you can guess
how it is with me. I was a fool ever to suppose she
would care for me – a stranger, a foreigner, a Christian. Well, I'm horribly out of sorts anyhow – and –
and I wish I was a thousand miles off at this moment!'

We travelled on together to Athens, and there
parted, Turnour being bound for England, and I for
the East. My own tour lasted many months longer.
I went first to Egypt and the Holy Land; then joined
an exploring party on the Euphrates; and at length,
after just twelve months of Oriental life, found myself back again at Trieste about the middle of April
in the year following that during which occurred
the events I have just narrated. There I found that
batch of letters and papers to which I had been looking forward for many weeks past; and amongst the
former, one from Coventry Turnour. This time he
was not only irrecoverably in love, but on the eve
of matrimony. The letter was rapturous and extrava-
gant enough. The writer was the happiest of men;
his destined bride the loveliest and most amiable
of her sex; the future a paradise; the past a melan-

lung kannte, waren Umstände, die auf der Liste von Schwierigkeiten erst gar nicht auftauchten. Da ich merkte, dass er für jedes Argument taub blieb, sagte ich nichts mehr.

Doch noch bevor die Woche zu Ende ging, war alles vorbei.

«Hör mal, Blunt», sprach er mich eines Morgens im Frühstücksraum unseres Hotels an, als ich mich gerade hinsetzte, um einen Stapel Briefe aus der Heimat zu beantworten, «hättest du Lust, morgen mit mir nach Triest weiterzufahren? Ach, schau mich nicht so an – du kannst dir doch denken, wie es um mich steht. Ich war dumm, mir jemals einzubilden, sie könnte sich etwas aus mir – einem Fremden, Ausländer und Christen – machen. Nun, auf jeden Fall bin ich ziemlich fertig und … und ich wünschte, ich wäre in diesem Augenblick tausend Meilen weit weg!»

Wir reisten zusammen bis Athen, wo wir uns trennten, da Turnour zurück nach England und ich in Richtung Osten wollte. Meine Reise dauerte noch viele Monate. Zunächst fuhr ich nach Ägypten und ins Heilige Land, dann schloss ich mich einer Gruppe Forschungsreisender auf dem Euphrat an, und schließlich kam ich, nach knapp zwölf Monaten Orientleben, gegen Mitte April des Jahres, das auf die gerade geschilderten Ereignisse folgte, wieder zurück nach Triest. Dort fand ich den Stapel Briefe und Zeitungen vor, auf den ich mich schon viele Wochen gefreut hatte und unter dem sich auch ein Brief von Coventry Turnour befand. Diesmal war er nicht nur hoffnungslos verliebt, sondern stand unmittelbar vor der Eheschließung. Der Brief klang begeistert und ziemlich übertrieben. Der Verfasser war der glücklichste aller Männer, seine zukünftige Braut die schönste und liebenswerteste Vertreterin ihres Geschlechts, die Zukunft ein Paradies und die Vergangenheit eine traurige Kette von Irr-

choly series of mistakes. As for love, he had never, of course, known what it was till now.

And what of the beautiful Salome?

Not one word of her from beginning to end. He had forgotten her as utterly as if she had never existed. And yet how desperately in love and how desperately in despair he was 'one little year ago'! Ah, yes; but then it *was* 'one little year ago'; and who that had ever known Coventry Turnour would expect him to remember *la plus grande des grandes passions* for even half that time?

I slept that night at Trieste, and went on next day to Venice. Somehow, I could not get Turnour and his love affairs out of my head. I remembered our visit to the Merceria. I was haunted by the image of the beautiful Jewess. Was she still so lovely? Did she still sit reading in her wonted seat by the open counter, with the gloomy shop reaching away behind, and the cases of rich robes and jewels all around?

An irresistible impulse prompted me to go to the Merceria and see her once again. I went. It had been a busy morning with me, and I did not get there till between three and four o'clock in the afternoon. The place was crowded. I passed up the well-remembered street, looking out on both sides for the gloomy little shop with its unattractive counter; but in vain. When I had gone so far that I thought I must have passed it, I turned back. House by house I retraced my steps to the very entrance, and still could not find it. Then, concluding that I had not gone far enough at first, I turned back again till I

tümern. Was die Liebe anging – die hatte er natürlich bis jetzt nicht richtig gekannt.

Und was war mit der schönen Salome?

Kein Wort von ihr, vom ersten bis zum letzten Satz. Er hatte sie so vollständig vergessen, als hätte es sie nie gegeben. Dabei war er erst ‹vor einem kurzen Jahr› so hoffnungslos verliebt und so hoffnungslos verzweifelt gewesen! Ach ja, es *war* schließlich ‹vor einem kurzen Jahr›, und wer von denen, die Coventry Turnour jemals begegnet waren, hätte ernsthaft damit gerechnet, dass er sich auch nur halb so lang an *la plus grande des grandes passions* erinnern würde?

Ich verbrachte die Nacht in Triest und reiste am nächsten Tag nach Venedig weiter. Aus irgendeinem Grund musste ich dauernd an Turnour und seine Liebesaffären denken. Ich erinnerte mich an unseren Besuch in der Merceria. Das Bild der schönen Jüdin verfolgte mich. Ob sie noch immer so liebreizend war? Ob sie noch immer an ihrem gewohnten Platz am offenen Verkaufstisch saß und las, den tiefen düsteren Laden hinter sich und umgeben von Schränken mit kostbaren Gewändern und Juwelen?

Einer unwiderstehlichen Eingebung gehorchend, wollte ich in die Merceria gehen, um sie noch einmal zu sehen, und ich ging hin. Da ich am Morgen sehr beschäftigt gewesen war, kam ich erst zwischen drei und vier Uhr nachmittags dort an. Es herrschte reges Treiben. Ich flanierte die Straße entlang, an die ich mich gut erinnerte, und suchte auf beiden Seiten nach dem düsteren kleinen Laden mit der wenig einladenden Auslage, doch vergeblich. Als ich so weit gegangen war, dass ich dachte, ich müsste an ihm vorbeigelaufen sein, drehte ich wieder um. Haus für Haus lief ich denselben Weg bis zu meinem Ausgangspunkt zurück und konnte ihn immer noch nicht finden. In der Annahme, dass ich beim ersten Mal nicht weit ge-

reached a spot where several streets diverged. Here
I came to a standstill, for beyond this point I knew
I had not passed before.

It was now only too evident that the Jew no longer
occupied his former shop in the Merceria, and that
my chance of discovering his whereabouts was ex-
ceedingly slender. I could not inquire of his successor,
because I could not identify the house. I found it impossible even to remember what trades were carried
on by his neighbours on either side. I was ignorant
of his very name. Convinced, therefore, of the inutil-
ity of making any further effort, I gave up the search,
and comforted myself by reflecting that my own
heart was not made of adamant, and that it was, perhaps, better for my peace not to see the beautiful Salome again. I was destined to see her again, however,
and that ere many days had passed over my head.

A year of more than ordinarily fatiguing Eastern
travel had left me in need of rest, and I had resolved
to allow myself a month's sketching in Venice and its
neighbourhood before turning my face homewards.
As, therefore, it is manifestly the first object of a
sketcher to select his points of view, and as no more
luxurious machine than a Venetian gondola was ever
invented for the use of man, I proceeded to employ
the first days of my stay in endless boatings to and
fro: now exploring all manner of canals and canaletti;
rowing out in the direction of Murano; now making
for the islands beyond San Pietro Castello, and in the
course of these pilgrimages noting down an infinite
number of picturesque sites, and smoking an infinite
number of cigarettes. It was, I think, about the fourth

nug gegangen war, machte ich noch einmal kehrt, bis ich an einen Punkt kam, an dem mehrere Straßen auseinanderliefen. Dort blieb ich stehen, denn ich wusste, dass ich über diese Stelle noch nie hinausgekommen war.

Es war mittlerweile nur zu offensichtlich, dass der Jude seinen Laden in der Merceria nicht mehr führte, und meine Chancen, ihn irgendwo zu finden, äußerst gering standen. Bei seinem Nachfolger konnte ich nicht anfragen, da ich das Haus nicht wieder erkannte. Es war mir auch unmöglich, mich daran zu erinnern, welche Geschäfte seine beiden Nachbarn betrieben. Noch nicht einmal seinen Namen kannte ich. In der Überzeugung, dass alle weiteren Versuche sinnlos sein würden, gab ich deshalb meine Suche auf und tröstete mich mit dem Gedanken, dass *mein* Herz nicht aus Stein war und es für meinen Frieden vielleicht besser sein würde, wenn ich die schöne Salome nicht mehr wiedersah. Doch ich sollte sie wiedersehen, und das schon wenige Tage später.

Nach einem Jahr des außergewöhnlich ermüdenden Reisens im Orient hatte ich das Bedürfnis nach Ruhe und beschloss, mir einen Monat zum Zeichnen in Venedig und Umgebung zu gönnen, bevor ich mich auf den Heimweg machte. Da es bekanntlich die erste Unternehmung eines Zeichners ist, sich seine Motive auszusuchen, und für den Menschen niemals ein luxuriöseres Fortbewegungsmittel erfunden wurde als die venezianische Gondel, widmete ich die ersten Tage meines Aufenthalts endlosen Bootsausflügen in alle Richtungen. Bald erforschte ich die unterschiedlichen Kanäle und Canaletti und ruderte in Richtung Murano hinaus, bald steuerte ich die Inseln jenseits des Castello San Pietro an, notierte mir während dieser Pilgerfahrten unendlich viele malerische Ecken und rauchte unendlich viele Zigaretten. Ich denke, es war am vierten oder fünften Tag dieser angenehmen Beschäf-

or fifth day of this pleasant work, when my gondolier proposed to take me as far as the Lido. It wanted about two hours to sunset, and the great sandbank lay not more than three or four miles away; so I gave the word, and in another moment we had changed our route and were gliding farther and farther from Venice at each dip of the oar. Then the long dull distant ridge that had all day bounded the shallow horizon rose gradually above the placid level of the Lagune, assumed a more broken outline, resolved itself into hillocks and hollows of tawny sand, showed here and there a patch of parched grass and tangled brake, and looked like the coasts of some inhospitable desert beyond which no traveller might penetrate. My boatman made straight for a spot where some stakes at the water's edge gave token of a landing-place; and here, though with some difficulty, for the tide was low, ran the gondola aground. I landed. My first step was among graves.

'E'l cimeterio giudaico, signore,' said my gondolier, with a touch of his cap.

The Jewish cemetery! The *ghetto* of the dead! I remembered now to have read or heard long since how the Venetian Jews, cut off in death as in life from the neighbourhood of their Christian rulers, had been buried from immemorial time upon this desolate waste. I stooped to examine the headstone at my feet. It was but a shattered fragment, crusted over with yellow lichens, and eaten away by the salt sea air. I passed on to the next, and the next. Some were completely matted over with weeds and brambles; some were half-buried in the drifting

tigung, als mein Gondoliere vorschlug, mich bis zum Lido zu fahren. Es waren noch zwei Stunden bis Sonnenuntergang, und die große Sandbank lag nicht weiter als drei oder vier Meilen von uns entfernt, also gab ich ihm das Kommando, und im nächsten Augenblick hatten wir unsere Route geändert und glitten mit jedem Ruderschlag weiter von Venedig weg. In der Ferne erhob sich allmählich die lange unscharfe Linie, die den ganzen Tag den niedrigen Horizont begrenzt hatte, über den ruhigen Spiegel der Lagune, nahm unregelmäßigere Formen an und löste sich zu kleinen Hügeln und Senken aus gelbbraunem Sand auf, die hier und da ein paar Flecken welken Grases und wirren Gestrüpps aufwiesen und wie die Gestade einer ungastlichen Wüste wirkten, über die kein Reisender hinaus kommen würde. Mein Gondoliere hielt auf einen Punkt zu, an dem ein paar Pfähle am Wasserrand auf eine Anlegestelle hinwiesen, und dort lief die Gondel auf Grund, allerdings nicht ohne Schwierigkeiten, da Niedrigwasser war. Ich ging an Land. Mein erster Schritt führte mich zwischen Gräber.

«*E'l cimiterio giudaico, signore*», sagte mein Gondoliere und tippte an seine Mütze.

Der jüdische Friedhof! Das *Ghetto* der Toten! Jetzt fiel mir ein, was ich vor langer Zeit über die venezianischen Juden gelesen oder gehört hatte, die, im Tod wie im Leben von der Nachbarschaft ihrer christlichen Herrscher abgeschnitten, seit undenklichen Zeiten auf diesem verlassenen Ödland beerdigt wurden. Ich bückte mich, um den Grabstein vor meinen Füßen genauer zu betrachten. Es war nur noch ein Trümmerstück, von gelben Flechten verkrustet und von der salzigen Seeluft zerfressen. Ich ging weiter, von einem Stein zum anderen. Einige waren völlig von Unkraut und Dornengestrüpp überwuchert, andere hatte der Treibsand halb begraben, so

sand; of some, only a corner remained above the
surface. Here and there a name, a date, a fragment
of heraldic carving, or part of a Hebrew inscription,
was yet legible; but all were more or less broken
and effaced.

Wandering on thus among graves and hillocks,
ascending at every step, and passing some three or
four glassy pools overgrown with gaunt-looking
reeds, I presently found that I had reached the central
and most elevated part of the Lido, and that I com-
manded an uninterrupted view on every side. On the
one hand lay the broad, silent Lagune bounded by
Venice and the Euganean hills – on the other, stealing up in long, lazy folds, and breaking noiselessly
against the endless shore, the blue Adriatic. An old
man gathering shells on the seaward side, a distant
gondola on the Lagune, were the only signs of life
for miles around.

Standing on the upper ridge of this narrow bar-
rier, looking upon both waters, and watching the
gradual approach of what promised to be a gorgeous
sunset, I fell into one of those wandering trains of
thought in which the real and unreal succeed each
other as capriciously as in a dream. I remembered
how Goethe here conceived his vertebral theory of
the skull – how Byron, too lame to walk, kept his
horse on the Lido, and here rode daily to and fro –
how Shelley loved the wild solitude of the place,
wrote of it in *Julian and Maddalo*, listened, perhaps
from this very spot, to the mad-house bell on the
island of San Giorgio. Then I wondered if Titian had
ever come hither from his gloomy house on the

dass manchmal nur noch eine Ecke über dem Boden zu sehen war. Hier und da war ein Name, ein Datum, der Rest eines gemeißelten Wappens oder ein Teil einer hebräischen Inschrift zu entziffern, aber alle waren mehr oder weniger zerstört und ausgelöscht.

Während ich so zwischen den Gräbern und Hügeln wandelte, mit jedem Schritt höher stieg und an drei oder vier spiegelglatten, von verkümmertem Schilfgras umstandenen Tümpeln vorbeikam, bemerkte ich bald, dass ich die Mitte, den höchstgelegenen Teil des Lido, erreicht hatte, von dem sich mir ringsum eine unverstellte Aussicht bot. Auf der einen Seite lag die weite, stille Lagune, die von Venedig und den euganeischen Hügeln begrenzt wurde, auf der anderen schlich die blaue Adria heran, die sich in langen gemächlichen Falten geräuschlos am unendlichen Strand brach. Ein alter Mann, der auf der Seeseite Muscheln sammelte, und eine ferne Gondel auf der Lagune waren die einzigen Lebenszeichen im Umkreis vieler Meilen.

Als ich auf dem höchsten Kamm dieser schmalen Barriere stand, auf beide Wasserflächen schaute und das allmähliche Voranschreiten eines Sonnenuntergangs betrachtete, der prächtig zu werden versprach, verlor ich mich in einer dieser Gedankenketten, in denen Reales und Irreales einander unberechenbar wie im Traum folgten. Ich musste daran denken, wie Goethe hier seine Wirbeltheorie des Schädels entwarf; wie Byron, zu lahm, um zu laufen, sein Pferd auf dem Lido unterstellte und täglich dort umher ritt; wie Shelley die wilde Einsamkeit dieser Gegend liebte, die er in *Julian und Maddalo* beschrieb, und wie er vielleicht von genau diesem Punkt aus der Glocke des Irrenhauses auf der Insel San Giorgio lauschte. Dann überlegte ich, ob Tizian jemals aus seinem düsteren Haus auf der anderen Seite Venedigs herausgekommen war,

other side of Venice, to study the gold and purple
of these western skies – if Othello had walked here
with Desdemona – if Shylock was buried yonder,
and Leah whom he loved 'when he was a bachelor'.

And then in the midst of my reverie, I came suddenly upon another Jewish cemetery.

Was it indeed another, or but an outlying portion
of the first? It was evidently another, and a more
modern one. The ground was better kept. The monu-
ments were newer. Such dates as I had succeeded in
deciphering on the broken sepulchres lower down
were all of the fourteenth and fifteenth centuries; but
the inscriptions upon these bore reference to quite
recent interments.

I went on a few steps farther. I stopped to copy a
quaint Italian couplet on one tomb – to gather a wild
forget-me-not from the foot of another – to put aside
a bramble that trailed across a third – and then I became
aware for the first time of a lady sitting beside a grave
not a dozen yards from the spot on which I stood.

I had believed myself so utterly alone, and was so
taken by surprise, that for the first moment I could
almost have persuaded myself that she also was 'of
the stuff that dreams are made of'. She was dressed
from head to foot in the deepest mourning; her face
turned from me, looking towards the sunset; her
cheek resting in the palm of her hand. The grave
by which she sat was obviously recent. The scant
herbage round about had been lately disturbed, and
the marble headstone looked as if it had not yet un-
dergone a week's exposure to wind and weather.

Persuaded that she had not observed me, I lin-

um das Gold und Purpurrot dieses Westhimmels zu studieren; ob Othello hier mit Desdemona wandelte; ob Shylock dort drüben begraben lag und Leah, die er liebte, ‹als er ein Junggeselle war›.

Und dann fand ich mich mitten in meinen Träumen plötzlich auf einem anderen jüdischen Friedhof wieder.

War es wirklich ein anderer oder nur ein entlegener Abschnitt des ersten? Es war offensichtlich ein anderer, und zwar ein jüngerer. Die Anlage war besser gepflegt. Die Grabsteine waren neuer. Die Daten, die ich auf den zertrümmerten Grabmalen weiter unten hatte entziffern können, stammten alle aus dem vierzehnten und fünfzehnten Jahrhundert, doch die Inschriften hier bezogen sich auf Bestattungen, die noch nicht lange zurücklagen.

Ich ging ein paar Schritte weiter, blieb stehen, um einen wunderlichen italienischen Vers von einem Grab abzuschreiben, pflückte vom Rand eines anderen ein wildes Vergissmeinnicht, entfernte von einem dritten einen darüber wuchernden Dornenzweig, und nun erst fiel mir die Dame auf, die keine zwölf Meter von meinem Standort entfernt an einem Grab saß.

Ich hatte mich völlig allein gewähnt und war so überrascht, dass ich mir zuerst fast eingeredet hätte, auch sie sei ‹aus dem Stoff, aus dem die Träume sind›. Sie trug von Kopf bis Fuß tiefe Trauer; ihr Gesicht war in Richtung Sonnenuntergang von mir abgewandt, und ihre Wange ruhte in ihrer Hand. Das Grab, an dem sie saß, war offensichtlich noch frisch. Das spärliche Gras dort war erst vor kurzem niedergetreten worden, und der marmorne Grabstein sah aus, als sei er noch keine Woche Wind und Wetter ausgesetzt.

Da ich mir sicher war, dass sie mich nicht bemerkt hatte,

gered for an instant looking at her. Something in the
grace and sorrow of her attitude, something in the
turn of her head and the flow of her sable draperies,
arrested my attention. Was she young? I fancied so.
Did she mourn a husband? – a lover? – a parent? I
glanced towards the headstone. It was covered with
Hebrew characters; so that, had I even been nearer,
it could have told me nothing.

But I felt that I had no right to stand there, a spec-
tator of her sorrow, an intruder on her privacy. I proceeded to move noiselessly away. At that moment
she turned and looked at me.

It was Salome.

Salome, pale and worn as from some deep and
wasting grief, but more beautiful, if that could be,
than ever. Beautiful, with a still more spiritual beauty
than of old; with cheeks so wan and eyes so unutter-
ably bright and solemn, that my very heart seemed
to stand still as I looked upon them. For one second
I paused, half fancying, half hoping that there was
recognition in her glance; then, not daring to look
or linger longer, turned away. When I had gone far
enough to do so without discourtesy, I stopped and
gazed back. She had resumed her former attitude,
and was looking over towards Venice and the setting
sun. The stone by which she watched was not more
motionless.

The sun went down in glory. The last flush faded
from the domes and bell-towers of Venice; the western peaks changed from rose to purple, from gold
to grey; a scarcely perceptible film of mist became all
at once visible upon the surface of the Lagune; and

verweilte ich einen Moment lang und betrachtete sie. Etwas an ihrer anmutigen und betrübten Haltung, etwas in der Neigung ihres Kopfes und ihrer weich fließenden Trauerkleidung weckte meine Aufmerksamkeit. War sie jung? Ich glaubte es. Trauerte sie um einen Ehemann? Einen Geliebten? Einen Elternteil? Ich blickte zum Grabstein. Er war mit hebräischen Buchstaben bedeckt, so dass sie mir selbst aus größerer Nähe nichts hätten verraten können.

Ich spürte, dass ich kein Recht hatte, hier als Zuschauer ihres Kummers und Eindringling in ihre Privatsphäre zu stehen, doch gerade als ich mich lautlos fortstehlen wollte, drehte sie sich um und sah mich an.

Es war Salome.

Salome, blass und gezeichnet von einer tiefen, zehrenden Trauer, aber schöner, wenn das möglich war, als je zuvor. Von einer Schönheit, die noch vergeistigter war als einst; die Wangen so bleich und die Augen so unglaublich strahlend und ernst, dass mir bei ihrem Anblick förmlich das Herz stehenblieb. Eine Sekunde lang zögerte ich, halb mir einbildend, halb hoffend, dass in ihrem Blick ein Wiedererkennen lag, doch dann wagte ich nicht noch länger zu schauen oder stehen zu bleiben und wandte mich ab. Als ich weit genug entfernt war, um nicht unhöflich zu wirken, blieb ich stehen und sah zurück. Sie hatte wieder ihre ursprüngliche Haltung eingenommen und blickte auf Venedig und die untergehende Sonne. Der Stein, an dem sie wachte, hätte nicht unbewegter sein können.

Die Sonne ging voller Herrlichkeit unter. Die letzte Röte wich von den Kuppeln und Glockentürmen Venedigs; die Bergkuppen im Westen wechselten von rosa zu purpurrot, von gold zu grau, und über der Lagune zeigte sich nun ein kaum wahrnehmbarer Nebelschleier. Über allem zitterte der

overhead, the first star trembled into light. I waited and watched till the shadows had so deepened that I could no longer distinguish one distant object from another. Was that the spot? Was she still there? Was she moving? Was she gone? I could not tell. The more I looked, the more uncertain I became. Then, fearing to miss my way in the fast-gathering twilight, I struck down towards the water's edge, and made for the point at which I had landed.

I found my gondolier fast asleep, with his head on a cushion, and his bit of gondola-carpet thrown over him for a counterpane. I asked if he had seen any other boat put off from the Lido since I left? He rubbed his eyes, started up, and was awake in a moment.

'*Per Bacco, signore*, I have been asleep,' he said apologetically: 'I have seen nothing.'

'Did you observe any other boat moored here-abouts when we landed?'

'None, *signore*.'

'And you have seen nothing of a lady in black?'

He laughed and shook his head.

'*Consolatevi, signore*,' he said archly. 'She will come tomorrow.'

Then, finding that I looked grave, he touched his cap, and with a gentle, '*Scusate, signore*,' took his place at the stern, and there waited. I bade him row to my hotel; and then, leaning dreamily back in my little dark cabin, I folded my arms, closed my eyes, and thought of Salome.

How lovely she was! How infinitely more lovely than even my first remembrance of her! How was

erste Stern ins Licht. Ich wartete und schaute, bis die Schatten so dunkel geworden waren, dass ich in der Ferne keinen Gegenstand mehr unterscheiden konnte. War das die Stelle? War sie immer noch da? Bewegte sie sich? War sie gegangen? Ich konnte es nicht sagen. Je länger ich schaute, um so unsicherer wurde ich. Da ich fürchtete, in der schnell zunehmenden Dämmerung meinen Weg nicht mehr zu finden, bog ich schließlich in Richtung Wasser ab und hielt auf die Stelle zu, an der wir angelegt hatten.

Ich fand meinen Gondoliere in tiefem Schlummer vor. Sein Kopf lag auf einem Kissen, und als Decke hatte er sich sein Ende des Gondelteppichs übergeworfen. Ich fragte ihn, ob er seit meinem Fortgehen ein anderes Boot vom Lido habe ablegen sehen. Er rieb sich die Augen, schreckte hoch und war sofort wach.

«*Per Bacco, signore*, ich habe geschlafen», sagte er entschuldigend. «Ich habe nichts gesehen.»

«Habt Ihr hier in der Nähe irgendein anderes Boot liegen sehen, als wir festmachten?»

«Keins, *signore*.»

«Und Ihr habt auch keine schwarzgekleidete Dame gesehen?» Er lachte und schüttelte den Kopf.

«*Consolatevi, signore*», sagte er schelmisch. «Morgen wird sie kommen.»

Als er merkte, dass mir nicht zum Spaßen war, tippte er mit einem leisen ‹*Scusate, signore*› an seine Mütze, nahm seinen Platz im Heck ein und wartete dort. Ich bat ihn, zu meinem Hotel zu rudern, und lehnte mich dann wie benommen in meiner kleinen dunklen Kabine zurück, verschränkte die Arme, schloss die Augen und träumte von Salome.

Wie wunderschön sie war! Wie unendlich viel schöner als mein erster Eindruck von ihr! Wie kam es nur, dass ich sie

it that I had not admired her more that day in the Merceria? Was I blind, or had she become indeed more beautiful? It was a sad and strange place in which to meet her again. By whose grave was she watching? By her father's? Yes, surely by her father's. He was an old man when I saw him, and in the course of nature had not long to live. He was dead: hence my unavailing search in the Merceria. He was dead. His shop was let to another occupant. His stock-in-trade was sold and dispersed. And Salome – was she left alone? Had she no mother? no brother? – no lover? Would her eyes have had that look of speechless woe in them if she had any very near or dear tie left on earth? Then I thought of Coventry Turnour, and his approaching marriage. Did he ever really love her? I doubted it. 'True love,' saith an old song, 'can ne'er forget'; but he had forgotten, as though the past had been a dream. And yet he was in earnest while it lasted – would have risked all for her sake, if she would have listened to him. All, if she *had* listened to him! And then I remembered that he had never told me the particulars of that affair. Did she herself reject him, or did he lay his suit before her father? And was he rejected only because he was a Christian? I had never cared to ask these things while we were together; but now I would have given the best hunter in my stables to know every minute detail connected with the matter.

Pondering thus, travelling over the same ground again and again, wondering whether she remembered me, whether she was poor, whether she was

an jenem Tag in der Merceria nicht mehr bewundert hatte? War ich blind oder war sie tatsächlich noch schöner geworden? Was für ein trauriger und seltsamer Ort für ein Wiedersehen! An wessen Grab hatte sie gewacht? An dem ihres Vaters? Ja, sicher war es das Grab ihres Vaters. Bei unserer Begegnung war er ein alter Mann gewesen und hatte dem natürlichen Lauf der Dinge nach nicht mehr lang zu leben. Er war tot, deshalb war meine Suche in der Merceria auch vergeblich gewesen. Er war tot. Sein Laden war an einen anderen Inhaber vermietet, der Warenbestand verkauft und aufgelöst worden. Und Salome – blieb sie allein zurück? Hatte sie keine Mutter? Keinen Bruder? Keinen Geliebten? Hätte in ihren Augen dieser Ausdruck unsäglichen Kummers gestanden, wenn ihr eine enge oder liebe Verbindung auf Erden geblieben wäre? Dann dachte ich an Coventry Turnour und seine bevorstehende Hochzeit. Ob er sie jemals richtig geliebt hatte? Ich bezweifelte es. ‹Wahre Liebe›, hieß es in einem alten Lied, ‹vergisst nie›. Doch er hatte vergessen, als wäre die Vergangenheit ein Traum. Trotzdem war es ihm damals ernst gewesen – er hätte alles für sie aufs Spiel gesetzt, wenn sie ihn erhört hätte. Ja, wenn sie ihn erhört *hätte*! Da fiel mir ein, dass er mir nie Einzelheiten über die Affäre erzählt hatte. Hatte sie ihn abgewiesen, oder war er mit seiner Werbung vor ihren Vater getreten? Und hatte man ihn nur abgelehnt, weil er ein Christ war? Solange wir zusammen waren, war es mir nie in den Sinn gekommen, danach zu fragen, aber jetzt hätte ich das beste Jagdpferd aus meinem Stall gegeben, um noch das kleinste Detail über diese Geschichte zu wissen.

Während ich so grübelte, immer wieder dieselben Punkte durchging, mich fragte, ob sie sich an mich erinnerte, ob sie arm war, ob sie wirklich ganz allein auf der Welt stand, wie

indeed alone in the world, how long the old man had been dead, and a hundred other things of the same kind – I scarcely noticed how the watery miles glided past, or how the night closed in. One question, however, recurred oftener than any other: How was I to see her again?

I arrived at my hotel; I dined at the *table d'hôte*; I strolled out, after dinner, to my favourite café in the piazza; I dropped in for half an hour at the Fenice, and heard one act of an extremely poor opera; I came home restless, uneasy, wakeful; and sitting for hours before my bedroom fire, asked myself the same perpetual question. How was I to see her again?

Fairly tired out at last, I fell asleep in my chair, and when I awoke the sun was shining upon my window.

I started to my feet. I had it now. It flashed upon me, as if it came with the sunlight. I had but to go again to the cemetery, copy the inscription upon the old man's tomb, ask my learned friend Professor Nicolai, of Padua, to translate it for me, and then, once in possession of names and dates, the rest would be easy.

In less than an hour, I was once more on my way to the Lido.

I took a rubbing of the stone. It was the quickest way, and the surest; for I knew that in Hebrew everything depended on the pointing of the characters, and I feared to trust my own untutored skill. This done, I hastened back, wrote my letter to the professor, and dispatched both letter and rubbing by the midday train.

The professor was not a prompt man. On the contrary he was a pre-eminently slow man; dreamy, in-

lang der alte Mann schon tot sein mochte und hundert andere ähnliche Dinge, bemerkte ich kaum, wie die nassen Meilen vorbeiglitten und die Nacht hereinbrach. Eine Frage jedoch tauchte öfter auf als alle anderen: Wie konnte ich sie wiedersehen?

Zurück in meinem Hotel, dinierte ich an der *table d'hôte*, schlenderte nach dem Essen hinaus zu meinem Lieblingscafé auf der Piazza, schaute für eine halbe Stunde in der Fenice vorbei, wo ich einen Akt einer erbärmlich schlechten Oper hörte, traf ruhelos, nervös und hellwach wieder zu Hause ein und saß stundenlang vor dem Kamin meines Schlafzimmers, wo ich mir immer wieder dieselbe Frage stellte: Wie konnte ich sie wiedersehen?

Zuletzt schlief ich völlig erschöpft in meinem Sessel ein, und als ich aufwachte, schien vor meinem Fenster die Sonne.

Ich sprang auf die Füße. Jetzt hatte ich es. Es war mir wie mit dem Sonnenlicht aufgegangen. Ich musste nur zurück zum Friedhof, die Inschrift auf dem Grab des alten Mannes kopieren und meinen gelehrten Freund Professor Nicolai aus Padua bitten, sie für mich zu übersetzen. Wenn ich dann erst Namen und Daten wusste, würde der Rest leicht sein.

In weniger als einer Stunde war ich wieder unterwegs zum Lido.

Ich fertigte einen Reibdruck von dem Stein an. Es war die schnellste Methode und die sicherste, denn ich wusste, dass beim Hebräischen alles davon abhängt, wie die Schriftzeichen geneigt sind, und hatte wenig Vertrauen in meine eigenen ungeschulten Fähigkeiten. Als ich damit fertig war, eilte ich zurück, schrieb meinen Brief an den Professor und schickte ihn zusammen mit dem Reibdruck mit dem Mittagszug weg.

Der Professor war kein schneller Mensch. Ganz im Gegenteil, er war ein bemerkenswert langsamer Mensch; verträumt,

dolent, buried in Oriental lore. From any other corre-
spondent one might have looked for a reply in the
course of the morrow; but from Nicolai of Padua it
would have been folly to expect one under two or
three days. And in the meanwhile? Well, in the meanwhile there were churches and palaces to be seen,
sketches to be made, letters of introduction to be de-
livered. It was, at all events, of no use to be impatient.

And yet I was impatient – so impatient that I could
neither sketch, nor read, nor sit still for ten minutes
together. Possessed by an uncontrollable restlessness,
I wandered from gallery to gallery, from palace to
palace, from church to church. The imprisonment of
even a gondola was irksome to me. I was, as it were,
impelled to be moving and doing; and even so, the
day seemed endless.

The next was even worse. There was just the possibility of a reply from Padua, and the knowledge
of that possibility unsettled me for the day. Having
watched and waited for every post from eight to
four, I went down to the traghetto of St Mark's, and
was there hailed by my accustomed gondolier.

He touched his cap and waited for orders.

'Where to, *signore*?' he asked, finding that I remained silent.

'To the Lido.'

It was an irresistible temptation, and I yielded to
it; but I yielded in opposition to my judgment. I knew
that I ought not to haunt the place. I had resolved
that I would not. And yet I went.

Going along, I told myself that I had only come
to reconnoitre. It was not unlikely that she might be

träge und ganz in die Orientalistik versunken. Von jedem anderen Briefpartner hätte man einen Tag später eine Antwort erwarten können, aber im Fall von Nicolai aus Padua wäre es dumm gewesen, mit weniger als zwei oder drei Tagen zu rechnen. Und in der Zwischenzeit? Nun, in der Zwischenzeit gab es Kirchen und Palazzos zu besichtigen, Zeichnungen anzufertigen und Empfehlungsbriefe abzuliefern. Jedenfalls hatte es keinen Sinn, ungeduldig zu sein.

Und trotzdem war ich ungeduldig – so ungeduldig, dass ich weder zeichnen noch lesen noch länger als zehn Minuten stillsitzen konnte. Von einer unbezähmbaren Ruhelosigkeit ergriffen, lief ich von Galerie zu Galerie, von Palazzo zu Palazzo, von Kirche zu Kirche. Selbst die Beschränkung auf eine Gondel war mir lästig. Ich musste mich einfach bewegen und etwas tun, und auch so schien sich der Tag endlos hinzuziehen.

Der nächste Tag war noch schlimmer. Jetzt bestand immerhin die Möglichkeit, Antwort aus Padua zu bekommen, und das Wissen um diese Möglichkeit warf mich ganz aus dem Gleis. Nachdem ich von acht bis vier gewartet und nach jeder Post Ausschau gehalten hatte, ging ich zum Traghetto San Marco hinab, wo ich von meinem gewohnten Gondoliere begrüßt wurde.

Er tippte an seine Mütze und wartete auf Befehle.

«Wohin geht es, *signore?*», fragte er, als ich nichts sagte.

«Zum Lido.»

Die Versuchung war unwiderstehlich, und ich gab ihr nach, allerdings gegen mein besseres Wissen. Mir war klar, dass ich nicht ständig dorthin fahren konnte. Ich hatte beschlossen, genau das nicht zu tun, und trotzdem fuhr ich los.

Unterwegs redete ich mir ein, dass ich nur in der Absicht gekommen war, Erkundigungen anzustellen. Es war nicht un-

going to the same spot about the same hour as before; and in that case I might overtake her gondola by the way, or find it moored somewhere along the shore. At all events, I was determined not to land. But we met no gondola beyond San Pietro Castello; saw no sign of one along the shore. The afternoon was far advanced; the sun was near going down; we had the Lagune and the Lido to ourselves.

My boatman made for the same landing-place, and moored his gondola to the same stake as before. He took it for granted that I meant to land; and I landed. After all, however, it was evident that Salome could not be there, in which case I was guilty of no intrusion. I might stroll in the direction of the cemetery, taking care to avoid her, if she were anywhere about, and keeping well away from that part where I had last seen her. So I broke another resolve, and went up towards the top of the Lido. Again I came to the salt pools and the reeds; again stood with the sea upon my left hand and the Lagune upon my right, and the endless sandbank reaching on for miles between the two. Yonder lay the new cemetery. Standing thus I overlooked every foot of the ground. I could even distinguish the headstone of which I had taken the rubbing the morning before. There was no living thing in sight. I was, to all appearance, as utterly alone as Enoch Arden on his desert island.

Then I strolled on, a little nearer, and a little nearer still; and then, contrary to all my determinations, I found myself standing upon the very spot, beside the very grave, which I had made my mind on no account to approach.

wahrscheinlich, dass sie zur selben Zeit zum selben Ort gehen würde, und dann könnte ich vielleicht ihre Gondel überholen oder irgendwo am Ufer festgemacht finden. Auf jeden Fall war ich entschlossen, nicht an Land zu gehen. Doch jenseits des Castello San Pietro begegnete uns keine Gondel mehr, auch am Strand fanden wir nichts. Der Nachmittag war weit fortgeschritten, und die Sonne würde bald untergehen. Wir hatten die Lagune und den Lido für uns.

Mein Gondoliere hielt auf denselben Landeplatz zu und machte seine Gondel am selben Pfosten fest wie zuvor. Er nahm an, dass ich an Land gehen wollte, und ich ging an Land, war doch offensichtlich, dass Salome nicht dort sein konnte, weshalb ich mich auch keiner Störung schuldig machte. Ich würde in Richtung Friedhof schlendern, darauf achten, ihr aus dem Weg zu gehen, falls sie irgendwo in der Nähe war, und mich von dem Teil fernhalten, in dem ich sie zuletzt gesehen hatte. So brach ich mit einem weiteren Vorsatz und stieg zum höchsten Punkt des Lido hinauf. Wieder kam ich an den Salzwassertümpeln und Schilfgräsern vorbei, wieder stand ich mit dem Meer zur Linken und der Lagune zur Rechten da, zwischen denen sich über viele Meilen die endlose Sandbank erstreckte. Drüben lag der neue Friedhof. Von meinem Standort überblickte ich das gesamte Gelände. Ich konnte sogar den Grabstein ausmachen, von dem ich am vorigen Morgen den Reibdruck abgenommen hatte. Es war kein Lebewesen zu sehen. Allem Anschein nach war ich so allein wie Enoch Arden auf seiner verlassenen Insel.

Dann schlenderte ich weiter, kam näher und noch ein wenig näher, und fand mich schon, entgegen all meinen Vorsätzen, genau an der Stelle und genau neben dem Grab wieder, dem ich mich unter keinen Umständen hatte nähern wollen.

The sun was now just going down – had gone down, indeed, behind a bank of golden-edged cumuli – and was flooding earth, sea, and sky with crimson. It was at this hour that I saw her. It was upon this spot that she was sitting. A few scant blades of grass had sprung up here and there upon the grave. Her dress must have touched them as she sat there – her dress; perhaps her hand. I gathered one, and laid it carefully between the leaves of my note-book.

At last I turned to go, and, turning, met her face to face!

She was distant about six yards, and advancing slowly towards the spot on which I was standing. Her head drooped slightly forward; her hands were clasped together; her eyes were fixed upon the ground. It was the attitude of a nun. Startled, confused, scarcely knowing what I did, I took off my hat, and drew aside to let her pass.

She looked up – hesitated – stood still – gazed at me with a strange, steadfast, mournful expression – then dropped her eyes again, passed me without another glance, and resumed her former place and attitude beside her father's grave.

I turned away. I would have given worlds to speak to her; but I had not dared, and the opportunity was gone. Yet I might have spoken! She looked at me – looked at me with so strange and piteous an expression in her eyes – continued looking at me as long as one might have counted five … I might have spoken. I surely might have spoken! And now – ah! now it was impossible. She had fallen into the old thoughtful attitude with her cheek resting on her hand. Her

Die Sonne ging gerade unter, hatte sich sogar schon hinter einer Ansammlung goldumrandeter Kumuluswolken zurückgezogen und tauchte Erde, Meer und Himmel in blutrotes Licht. Zu dieser Tageszeit war ich ihr begegnet. Dies war die Stelle, an der sie gesessen hatte. Auf dem Grab wuchsen hier und da ein paar karge Grashalme. Ihr Kleid musste sie berührt haben, als sie dort hockte – ihr Kleid; vielleicht ihre Hand. Ich pflückte einen Halm und legte ihn sorgfältig zwischen die Blätter meines Notizbuches.

Schließlich wandte ich mich zum Gehen, drehte mich um und – sah mich ihr gegenüber!

Sie befand sich ungefähr sechs Meter von mir entfernt und näherte sich langsam der Stelle, an der ich stand. Ihr Kopf war leicht nach vorn geneigt, die Hände ineinander verschränkt, der Blick zu Boden gerichtet. Es war die Haltung einer Nonne. Erschreckt, verwirrt und ohne richtig zu wissen, was ich tat, zog ich den Hut und trat beiseite, um sie vorbei zu lassen.

Sie schaute auf, zögerte, blieb stehen und sah mich mit eigenartig festem und traurigem Blick an. Dann schlug sie die Augen nieder, ging ohne einen weiteren Blick an mir vorbei und nahm ihren alten Platz und die gewohnte Haltung am Grab ihres Vaters ein.

Ich wandte mich ab. Alles hätte ich dafür gegeben, mit ihr zu sprechen, doch ich hatte mich nicht getraut, und jetzt war die Gelegenheit verstrichen. Immerhin *hätte* ich etwas sagen können! Sie hatte mich angesehen, mich mit einem so eigenartigen und mitleiderregenden Ausdruck in ihren Augen angesehen, mich so lange angesehen, dass man bis fünf hätte zählen können … Ich hätte etwas sagen können. Ganz sicher hätte ich etwas sagen können. Und jetzt – ach, jetzt war es unmöglich! Sie war wieder in ihre alte, nachdenkliche Haltung versunken, und ihre Wange ruhte in ihrer Hand. Ihre

thoughts were far away. She had forgotten my very presence.

I went back to the shore, more disturbed and uneasy than ever. I spent all the remaining daylight in rowing up and down the margin of the Lido, looking for her gondola – hoping, at all events, to see her put off – to follow her, perhaps, across the waste of waters. But the dusk came quickly on, and then darkness, and I left at last without having seen any further sign or token of her presence.

Lying awake that night, tossing uneasily upon my bed, and thinking over the incidents of the last few days, I found myself perpetually recurring to that long, steady, sorrowful gaze which she fixed upon me in the cemetery. The more I thought of it, the more I seemed to feel that there was in it some deeper meaning than I, in my confusion, had observed at the time. It was such a strange look – a look almost of entreaty, of asking for help or sympathy; like the dumb appeal in the eyes of a sick animal. Could this really be? What, after all, more possible than that, left alone in the world – with, perhaps, not a single male relation to advise her – she found herself in some position of present difficulty, and knew not where to turn for help? All this might well be. She had even, perhaps, some instinctive feeling that she might trust me. Ah! if she would indeed trust me …

I had hoped to receive my Paduan letter by the morning delivery; but morning and afternoon went by as before, and still no letter came. As the day began to decline, I was again on my way to the Lido;

Gedanken waren weit weg. Sie hatte sogar meine Gegenwart vergessen.

Verstörter und unruhiger als je zuvor ging ich zum Strand zurück. Ich verbrachte die restliche helle Zeit damit, am Rande des Lido auf und ab zu rudern und nach ihrer Gondel Ausschau zu halten, hoffte darauf, sie immerhin ablegen zu sehen, um ihr vielleicht über die Wasserwüste folgen zu können. Doch es dämmerte schnell, und dann wurde es dunkel. Ich fuhr heim, ohne ein weiteres Zeichen oder einen Beweis für ihre Gegenwart erhalten zu haben.

In der Nacht lag ich schlaflos im Bett, wälzte mich unruhig hin und her und ging noch einmal die Geschehnisse der letzten Tage durch. Immer wieder kehrte ich zu dem traurigen Blick zurück, mit dem sie mich auf dem Friedhof lang und fest angesehen hatte. Je mehr ich darüber nachdachte, um so klarer schien mir, dass in ihm eine tiefere Bedeutung gelegen hatte, als mir in meiner ersten Verwirrung aufgefallen war. Es war ein so seltsamer Ausdruck gewesen – ein fast schon flehender Ausdruck, als bräuchte sie Hilfe oder Mitleid, wie die stumme Bitte in den Augen eines kranken Tieres. War dies wirklich möglich? Oder stand sie, was doch viel wahrscheinlicher war, ganz allein und ohne einen einzigen männlichen Verwandten da, der ihr in einer schwierigen Situation, in die sie vielleicht geraten war, hätte beistehen können, und wusste nun nicht, wo sie Hilfe suchen sollte? Das alles war durchaus möglich. Vielleicht spürte sie sogar instinktiv, dass sie mir vertrauen konnte. Ach, wenn sie mir doch wirklich vertrauen würde …

Ich hatte gehofft, mit der Morgenpost meinen Brief aus Padua zu erhalten, doch wie am Vortag verstrichen Morgen und Nachmittag, ohne dass ein Brief eintraf. Als der Tag sich zu neigen begann, befand ich mich wieder auf dem Weg

this time for the purpose, and with the intention, of speaking to her. I landed, and went direct to the cemetery. It had been a dull day. Lagune and sky were both one leaden uniform grey, and a mist hung over Venice.

I saw her from the moment I reached the upper ridge. She was walking slowly to and fro among the graves, like a stately shadow. I had felt confident, somehow, that she would be there; and now, for some reason that I could not have defined for my life, I felt equally confident that she expected me.

Trembling and eager, yet half dreading the moment when she should discover my presence, I hastened on, printing the loose sand at every noiseless step. A few moments more, and I should overtake her, speak to her, hear the music of her voice – that music which I remembered so well, though a year had gone by since I last heard it. But how should I address her? What had I to say? I knew not. I had no time to think. I could only hurry on till within some ten feet of her trailing garments; stand still when she turned, and uncover before her as if she were a queen.

She paused and looked at me, just as she had paused and looked at me the evening before. With the same sorrowful meaning in her eyes; with even more than the same entreating expression. But she waited for me to speak.

I did speak. I cannot recall what I said; I only know that I faltered something of an apology – mentioned that I had had the honour of meeting her before,

zum Lido, diesmal zu dem Zweck und in der Absicht, mit ihr zu sprechen. Ich ging an Land und lief geradewegs zum Friedhof. Es war ein trüber Tag gewesen. Lagune und Himmel waren eine einzige, bleiern graue Fläche, und Nebel hing über Venedig.

Ich sah sie in dem Augenblick, als ich den oberen Kamm erreichte. Wie ein stattlicher Schatten bewegte sie sich langsam zwischen den Gräbern. Aus irgendeinem Grund war ich mir sicher gewesen, dass sie da sein würde; und jetzt war ich mir – warum, hätte ich nicht um alles in der Welt erklären können – ebenso sicher, dass sie mich erwartete.

Vor Entschlossenheit bebend, gleichzeitig aber fast vor dem Augenblick zurückschreckend, in dem sie meine Anwesenheit bemerken würde, eilte ich weiter und hinterließ mit jedem leisen Schritt Spuren im losen Sand. Noch wenige Augenblicke, und ich würde sie einholen, sie ansprechen, ihre wohllautende Stimme hören – jenen schönen Klang, an den ich mich so gut erinnerte, obwohl ein Jahr verstrichen war, seit ich ihn zuletzt vernommen hatte. Doch wie sollte ich sie anreden? Was hatte ich zu sagen? Ich wusste es nicht. Zeit zum Nachdenken blieb mir nicht. Ich konnte nur weitereilen, bis ich mich ihrem schleppenden Gewand auf ungefähr drei Meter genähert hatte, stillstehen, als sie sich umdrehte, und mein Haupt vor ihr entblößen, als wäre sie eine Königin.

Sie hielt inne und sah mich an, genau so, wie sie am Vorabend innegehalten und mich angesehen hatte. Mit demselben traurigen Ausdruck in den Augen, nur dass der Blick diesmal noch flehentlicher war. Doch sie wartete darauf, dass ich zu sprechen begann.

Ich hob an. Was ich sagte, weiß ich nicht mehr, ich kann mich nur noch erinnern, wie ich stockend eine Art Entschuldigung vorbrachte und erwähnte, dass ich vor vielen Monaten

many months ago; and, trying to say more – trying to express how thankfully and proudly I would devote myself to any service, however humble, however laborious, I failed both in voice and words, and broke down utterly.

Having come to a stop, I looked up, and found her eyes still fixed upon me.

'You are a Christian,' she said.

A trembling came upon me at the first sound of her voice. It was the same voice; distinct, melodious, scarce louder than a whisper – and yet it was not quite the same. There was a melancholy in the music, and, if I may use a word which, after all, fails to express my meaning, a *remoteness*, that fell upon my ear like the plaintive cadence in an autumnal wind.

I bent my head, and answered that I was.

She pointed to the headstone of which I had taken a rubbing a day or two before.

'A Christian soul lies there,' she said, 'laid in earth without one Christian prayer – with Hebrew rites – in a Hebrew sanctuary. Will you, stranger, perform an act of piety towards the dead?'

'The Signora has but to speak,' I said. 'All that she wishes shall be done.'

'Read one prayer over this grave; trace a cross upon this stone.'

'I will.'

She thanked me with a gesture, slightly bowed her head, drew her outer garment more closely round her, and moved away to a rising ground at some little distance. I was dismissed. I had no excuse for lingering – no right to prolong the interview – no business to

schon einmal die Ehre gehabt hätte, sie zu treffen. Ich versuchte weiter zu reden, wollte sagen, dass ich mich stolz und dankbar jedem Dienst unterwerfen würde, möge er auch noch so bescheiden, noch so mühsam sein, doch mir fehlten Stimme und Worte, und ich blieb ganz stecken.

Als ich aufgehört hatte zu reden, blickte ich auf und sah ihren Blick noch immer auf mir ruhen.

«Ihr seid ein Christ», sagte sie.

Beim ersten Geräusch ihrer Stimme überkam mich ein Zittern. Es war dieselbe Stimme; klar, wohlklingend und kaum lauter als ein Flüstern – und trotzdem war es nicht ganz die gleiche. Es lag etwas Melancholisches in ihrem Wohlklang, und, wenn ich ein Wort benutzen darf, das wohl doch nicht ausdrücken kann, was ich meine, eine Unnahbarkeit, die in meinen Ohren wie der klagende Tonfall im Herbstwind klang.

Ich senkte den Kopf und bejahte.

Sie deutete auf den Grabstein, von dem ich vor ein oder zwei Tagen den Abdruck genommen hatte.

«Dort liegt eine christliche Seele», sagte sie, «begraben ohne ein christliches Gebet, nach hebräischem Brauch, in hebräischer heiliger Erde. Wollt Ihr, Fremder, einen Akt der Ehrfurcht gegenüber den Toten vollbringen?»

«Die Signora muss es nur sagen», erwiderte ich. «Alles, was sie wünscht, soll geschehen.»

«Lest ein Gebet über diesem Grab, zeichnet ein Kreuz auf diesen Stein.»

«Das werde ich tun.»

Sie dankte mir mit einer Geste, neigte leicht den Kopf, raffte ihr äußeres Gewand enger um sich und schritt zu einer Erhebung in einigem Abstand. Ich war entlassen. Ich hatte keinen Vorwand zu zögern, keine Berechtigung, das Gespräch fortzusetzen, keinen Grund, auch nur einen Moment länger

remain there one moment longer. So I left her there, nor once looked back till I reached the last point from which I knew I should be able to see her. But when I turned for that last look she was no longer in sight.

I had resolved to speak to her, and this was the result. A stranger interview never, surely, fell to the lot of man! I had said nothing that I meant to say – had learnt nothing that I sought to know. With regard to her circumstances, her place of residence, her very name, I was no wiser than before. And yet I had, perhaps, no reason to be dissatisfied. She had honoured me with her confidence, and entrusted to me a task of some difficulty and importance. It now only remained for me to execute that task as thoroughly and as quickly as possible. That done, I might fairly hope to win some place in her remembrance – by – and – by, perhaps, in her esteem.

Meanwhile, the old question rose again – whose grave could it be? I had settled this matter so conclusively in my own mind from the first, that I could scarcely believe even now that it was not her father's. Yet that he should have died a secret convert to Christianity was incredible. Whose grave could it be? A lover's? a Christian lover's? Alas! it might be. Or a sister's? In either of these cases it was more than probable that Salome was herself a convert. But I had no time to waste in conjecture. I must act, and act promptly.

I hastened back to Venice as fast as my gondolier could row me; and as we went along I promised myself that all her wishes should be carried out before she visited the spot again. To at once secure the services

zu verweilen. Also ließ ich sie dort stehen und schaute nicht einmal zurück, bis ich den letzten Punkt erreicht hatte, von dem aus sie noch zu sehen sein würde. Doch als ich mich dort zu einem letzten Blick umwandte, war sie verschwunden.

Ich war entschlossen gewesen, mit ihr zu reden, und dies war das Ergebnis. Sicher hatte noch nie ein Mensch ein seltsameres Gespräch geführt! Ich hatte nichts von dem gesagt, was ich sagen wollte, hatte nichts erfahren, was ich wissen wollte. Was ihre Lebensumstände anging, ihren Wohnort oder auch nur ihren Namen, war ich so klug wie zuvor. Und trotzdem hatte ich vielleicht keinen Grund, unzufrieden zu sein. Sie hatte mir ihr Vertrauen geschenkt und mir eine recht schwierige und wichtige Aufgabe übertragen. Jetzt lag es an mir, diese Aufgabe so gründlich und schnell wie möglich zu erledigen. Danach könnte ich eine berechtigte Hoffnung haben, einen Platz in ihrer Erinnerung zu erringen – und nach und nach vielleicht auch in ihrer Wertschätzung.

In der Zwischenzeit stellte sich mir wieder die alte Frage – um wessen Grab handelte es sich? Ich hatte sie mir selbst von Anfang an mit solcher Gewissheit beantwortet, dass ich auch jetzt kaum glauben mochte, es könnte sich nicht um das Grab ihres Vaters handeln. Trotzdem war es unvorstellbar, dass er als heimlich konvertierter Christ gestorben sein sollte. Wessen Grab konnte es sein? Das eines Geliebten? Eines christlichen Geliebten? Ach, möglich wäre es. Oder das Grab einer Schwester? In beiden Fällen war es mehr als wahrscheinlich, dass auch Salome konvertiert war. Doch ich durfte keine Zeit mit Vermutungen verschwenden. Ich musste handeln, und zwar sofort.

So schnell mein Gondoliere mich rudern konnte, eilte ich nach Venedig zurück. Unterwegs versprach ich mir, dass ihre Wünsche ausgeführt sein sollten, bevor sie diesen Ort wieder besuchte. Mein genauer Plan war es, mir sofort die Dienste

of a clergyman who would go with me to the Lido at
early dawn, and there read some portion, at least, of the
burial-service! and at the same time to engage a stonemason to cut the cross – to have all done before she,
or anyone, should have approached the place next day,
was my especial object. And that object I was resolved
to carry out, though I had to search Venice through
before I laid my head upon the pillow.

I found my clergyman without difficulty. He was
a young man occupying rooms in the same hotel,
and on the same floor as myself. I had met him each
day at the *table d'hôte*, and conversed with him once
or twice in the reading-room. He was a North coun-
tryman, had not long since taken orders, and was
both gentlemanly and obliging. He promised in the
readiest manner to do all that I required, and to
breakfast with me at six the next morning, in order
that we might reach the cemetery by eight.

To find my stonemason, however, was not so easy;
and yet I went to work methodically enough. I began
with the Venetian Directory; then copied a list of stone-
masons' names and addresses; then took a gondola *a
due rame*, and started upon my voyage of discovery.

But a night's voyage of discovery among the intricate back canaletti of Venice is no very easy and no
very safe enterprise. Narrow, tortuous, densely popu-
lated, often blocked by huge hay, wood, and provision
barges, almost wholly unlighted, and so perplexingly
alike that no mere novice in Venetian topography
need ever hope to distinguish one from another, they
baffle the very gondoliers, and are a terra incognita
to all but the dwellers therein.

eines Geistlichen zu sichern, der in der Morgendämmerung mit mir zum Lido fahren und dort zumindest einen Teil des Trauergottesdienstes lesen sollte! Gleichzeitig wollte ich einen Steinmetz beauftragen, das Kreuz zu meißeln. Alles sollte fertig sein, bevor sie oder irgendjemand sonst sich am nächsten Tag dem Ort näherte. Diesen Plan wollte ich durchführen, und wenn ich ganz Venedig durchsuchen musste, bevor ich mein Haupt in die Kissen legte.

Den Geistlichen zu finden war nicht schwierig. Es handelte sich um einen jungen Mann, der im selben Hotel und auf derselben Etage wie ich logierte. Ich traf ihn täglich an der *table d'hôte* und hatte mich ein oder zweimal im Lesesaal mit ihm unterhalten. Er kam aus dem Norden, hatte erst vor kurzem die Priesterweihe empfangen und war gebildet und entgegenkommend. Mehr als bereitwillig versprach er mir, alles Gewünschte zu tun und um sechs Uhr am nächsten Morgen mit mir zu frühstücken, damit wir um acht Uhr auf dem Friedhof sein könnten.

Den Steinmetz zu finden war jedoch nicht so einfach, obwohl ich wirklich planvoll vorging. Ich begann mit dem venezianischen Adressbuch, schrieb mir dann eine Liste mit Namen und Anschriften von Steinmetzen ab, nahm eine Gondel *a due rame* und begab mich auf meine Entdeckungsfahrt.

Eine nächtliche Entdeckungsreise durch die verwinkelten, abgelegenen Canaletti Venedigs ist allerdings kein besonders leichtes und kein besonders sicheres Unterfangen. Eng, verschlungen, dicht bevölkert, oft von riesigen Heu-, Holz- und Verpflegungskähnen versperrt, fast völlig ohne Licht und einander so verblüffend ähnlich, dass kein Neuling in venezianischer Topographie jemals hoffen kann, sie voneinander zu unterscheiden, verwirren sie selbst die Gondolieri und sind für alle außer ihre Bewohner Terra incognita.

I succeeded, however, in finding three of the places entered on my list. At the first I was told that the workman of whom I was in quest was working by the week somewhere over by Murano, and would not be back again till Saturday night. At the second and third, I found the men at home, supping with their wives and children at the end of the day's work; but neither would consent to undertake my commission. One, after a whispered consultation with his son, declined reluctantly. The other told me plainly that he dared not do it, and that he did not believe I should find a stonemason in Venice who would be bolder than himself.

The Jews, he said, were rich and powerful; no longer an oppressed people; no longer to be insulted even in Venice with impunity. To cut a Christian cross upon a Jewish headstone in the Jewish cemetery, would be 'a sort of sacrilege', and punishable, no doubt, by the law. This sounded like truth; so finding that my rowers were by no means confident of their way, and that the canaletti were dark as the catacombs, I prevailed upon the stonemason to sell me a small mallet and a couple of chisels, and made up my mind to commit the sacrilege myself.

With this single exception, all was done next morning as I had planned to do. My new acquaintance breakfasted with me, accompanied me to the Lido, read such portions of the burial-service as seemed proper to him, and then, having business in Venice, left me to my task. It was by no means an easy one. To a skilled hand it would have been, perhaps, the work of half an hour; but it was my first effort, and

Es gelang mir jedoch, drei der Adressen auf meiner Liste ausfindig zu machen. Bei der ersten sagte man mir, der Handwerker, nach dem ich suche, arbeite wochentags irgendwo drüben bei Murano und würde vor Samstag abend nicht zurück sein. Bei der zweiten und dritten fand ich die Männer zwar zuhause vor, wo sie am Ende des Arbeitstags mit ihren Frauen und Kindern zu Abend aßen, doch keiner von beiden willigte ein, meinen Auftrag zu übernehmen. Der eine lehnte nach einer geflüsterten Beratung mit seinem Sohn unwillig ab, der andere sagte mir offen, er traue sich nicht und glaube kaum, dass ich in Venedig einen Steinmetz finden würde, der mutiger wäre als er.

Die Juden, erklärte er, seien reich und einflussreich, schon lange kein unterdrücktes Volk mehr und selbst in Venedig nicht ungestraft zu beleidigen. An einen jüdischen Grabstein auf dem jüdischen Friedhof ein christliches Kreuz zu meißeln, sei ‹eine Art Sakrileg› und sicher nach dem Gesetz strafbar. Dies klang wie die Wahrheit, und da ich merkte, dass meine Ruderer sich hier alles andere als gut auskannten und es in den Canaletti dunkel wie in den Katakomben war, bewegte ich den Steinmetz dazu, mir einen kleinen Hammer und ein paar Meißel zu verkaufen, und beschloss, das Sakrileg selbst zu begehen.

Mit dieser einzigen Ausnahme war am nächsten Morgen alles so durchgeführt, wie ich es geplant hatte. Mein neuer Bekannter frühstückte mit mir, begleitete mich zum Lido und las die Teile des Trauergottesdienstes, die ihm angemessen erschienen. Da er noch in Venedig zu tun hatte, ließ er mich danach allein mit meiner Aufgabe, und die war alles andere als einfach. Für eine geübte Hand wäre es vielleicht die Arbeit von einer halben Stunde gewesen, doch es handelte sich um meinen ersten Versuch, und so primitiv die Sache

rude as the thing was – a mere grooved attempt at
a Latin cross, about two inches and a half in length,
cut close at the bottom of the stone, where it could
be easily concealed by a little piling of the sand –
it took me nearly four hours to complete. While I
was at work, the dull grey morning grew duller and
greyer; a thick sea fog drove up from the Adriatic,
and a low moaning wind came and went like the echo
of a distant requiem. More than once I started, believ-
ing that she had surprised me there – fancying I saw
the passing of a shadow – heard the rustling of a garment – the breathing of a sigh. But no. The mists and
the moaning wind deceived me. I was alone.

When at length I got back to my hotel, it was just
two o'clock. The hall-porter put a letter into my hand
as I passed through. One glance at that crabbed super-
scription was enough. It was from Padua. I hastened
to my room, tore open the envelope, and read these
words:

'CARO SIGNORE, – The rubbing you send is neither
ancient nor curious, as I fear you suppose it to be.
*Altro*; it is of yesterday. It merely records that one
Salome, the only and beloved child of a certain Isaac
da Costa, died last autumn on the eighteenth of October, aged twenty-one years, and that by the said Isaac
da Costa this monument is erected to the memory of
her virtues and his grief.

'I pray you *caro signore*, to receive the assurance
of my sincere esteem.

NICOLO NICOLAI.
'Padua, April 27th, 1857.'

auch war – nichts als die eingekerbte Andeutung eines latei-
nischen Kreuzes von ungefähr sechseinhalb Zentimetern
Länge dicht am unteren Rand des Steins, wo es sich leicht
mit etwas angehäufeltem Sand verdecken ließ –, brauchte ich
fast vier Stunden, bis ich fertig war. Während ich arbeitete,
wurde der trübe graue Morgen noch trüber und grauer. Von
der Adria zog dichter Seenebel auf und ein schwacher, kla-
gender Wind kam und ging wie der Widerhall eines fernen
Requiems. Mehr als einmal schreckte ich auf, weil ich glaubte, von ihr überrascht worden zu sein, mir einbildete, einen
Schatten vorbeigleiten zu sehen, das Rascheln eines Kleides
zu hören, das Geräusch eines Seufzens. Doch nichts. Der
Nebel und das Klagen des Windes hatten mich getäuscht.
Ich war allein.

Als ich endlich wieder zu meinem Hotel kam, war es erst
zwei Uhr. In der Hotelhalle überreichte mir der Portier im
Vorbeigehen einen Brief. Ein Blick auf die gekritzelte An-
schrift genügte. Er kam aus Padua. Ich eilte in mein Zimmer,
riss den Umschlag auf und las folgende Worte:

‹CARO SIGNORE, – Der Abdruck, den Ihr mir schickt, ist weder alt noch außergewöhnlich, wie Ihr leider zu vermuten
scheint. *Altro*; er ist neueren Datums. Er hält lediglich fest,
dass eine Salome, das einzige und geliebte Kind eines gewissen Isaac da Costa, am achtzehnten Oktober letzten Herbstes
im Alter von einundzwanzig Jahren verschieden ist und dieser Grabstein von besagtem Isaac da Costa zum Andenken
an ihre Tugenden und sein Leid errichtet wurde.

Seid, *caro signore*, meiner aufrichtigen Wertschätzung
versichert,

NICOLO NICOLAI
Padua, 27. April, 1857.›

The letter dropped from my hand. I seemed to have read without understanding it. I picked it up; went through it again, word by word; sat down; rose up; took a turn across the room; felt confused, bewildered, incredulous.

Could there, then, be two Salomes? or was there some radical and extraordinary mistake?

I hesitated; I knew not what to do. Should I go down to the Merceria, and see whether the name of da Costa was known in the *quartier*? Or find out the registrar of births and deaths for the Jewish district? Or call upon the principal rabbi, and learn from him who this second Salome had been, and in what degree of relationship she stood towards the Salome whom I knew? I decided upon the last course. The chief rabbi's address was easily obtained. He lived in an ancient house on the Giudecca, and there I found him – a grave, stately old man, with a grizzled beard reaching nearly to his waist.

I introduced myself, and stated my business. I came to ask if he could give me any information respecting the late Salome da Costa, who died on the 18th of October last, and was buried on the Lido.

The rabbi replied that he had no doubt he could give me any information I desired, as he had known the lady personally, and was the intimate friend of her father.

'Can you tell me,' I asked, 'whether she had any dear friend or female relative of the same name – Salome?' The rabbi shook his head. 'I think not,' he said. 'I remember no other maiden of that name.'

'Pardon me, but I know there was another,' I replied. 'There was a very beautiful Salome living in

Der Brief fiel mir aus der Hand. Anscheinend hatte ich gelesen, ohne richtig zu begreifen. Ich hob ihn auf und las ihn noch einmal Wort für Wort, setzte mich, stand wieder auf, ging einmal durchs Zimmer, war verwirrt, bestürzt und fassungslos.

War es möglich, dass es zwei Salomes gab? Oder lag hier ein grundlegender und außergewöhnlicher Fehler vor?

Ich zögerte. Was sollte ich tun? Sollte ich in die Merceria gehen und nachprüfen, ob der Name da Costa in dem Viertel bekannt war? Oder sollte ich das Geburts- und Sterberegister des jüdischen Viertels ausfindig machen? Oder sollte ich mich an den Oberrabbiner wenden, um von ihm zu erfahren, wer diese zweite Salome war und in welcher Beziehung sie zu der Salome stand, die ich kannte? Ich entschied mich für letzteres Vorgehen. An die Adresse des Oberrabbiners zu kommen war nicht schwer. Er lebte in einem alten Haus auf der Giudecca, und dort fand ich ihn auch, einen würdigen alten Herrn mit einem grauen Bart, der ihm fast bis zur Taille reichte.

Ich stellte mich vor und nannte ihm mein Anliegen. Ich sei gekommen, um zu fragen, ob er mir Auskunft über die selige Salome da Costa geben könne, die am 18. Oktober letzten Jahres verschieden und auf dem Lido begraben sei.

Der Rabbi erwiderte, dass er mir sicher alle gewünschten Auskünfte geben könne, da er die Dame persönlich gekannt habe und ein enger Freund ihres Vaters sei.

«Könnt Ihr mir sagen», fragte ich, «ob sie eine liebe Freundin oder Verwandte des gleichen Namens – Salome – hatte?» Der Rabbi schüttelte den Kopf. «Ich glaube nicht», sagte er. «Mir fällt kein anderes Mädchen ein, das so heißt.»

«Entschuldigung, aber ich weiß, dass es eine andere gegeben hat», erwiderte ich. «Als ich zum letzten Mal in Venedig

the Merceria when I was last in Venice, just this time last year.'

'Salome da Costa was very fair,' said the rabbi; 'and she dwelt with her father in the Merceria. Since her death, he hath removed to the neighbourhood of the Rialto.'

'This Salome's father was a dealer in Oriental goods,' I said, hastily.

'Isaac da Costa is a dealer in Oriental goods,' replied the old man very gently. 'We are speaking, my son, of the same persons.'

'Impossible!'

He shook his head again.

'But she lives!' I exclaimed, becoming greatly agitated. 'She lives. I have seen her. I have spoken to her. I saw her only last evening.'

'Nay,' he said compassionately, 'this is some dream. She of whom you speak is indeed no more.'

'I saw her only last evening,' I repeated.

'Where did you suppose you beheld her?'

'On the Lido.'

'On the Lido?'

'And she spoke to me. I heard her voice – heard it as distinctly as I hear my own at this moment.'

The rabbi stroked his beard thoughtfully, and looked at me. 'You think you heard her voice!' he ejaculated. 'That is strange. What said she?'

I was about to answer. I checked myself – a sudden thought flashed upon me – I trembled from head to foot. 'Have you – have you any reason for supposing that she died a Christian?' I faltered.

The old man started, and changed colour.

war, genau vor einem Jahr um diese Zeit, gab es eine sehr schöne Salome, die in der Merceria lebte.»

«Salome da Costa war sehr hübsch», sagte der Rabbi, «und sie wohnte zusammen mit ihrem Vater in der Merceria. Nach ihrem Tod ist er ins Rialtoviertel gezogen.»

«Der Vater dieser Salome hat mit orientalischen Waren gehandelt», sagte ich hastig.

«Isaac da Costa handelt mit orientalischen Waren», antwortete der alte Mann sanftmütig. «Mein Sohn, wir sprechen von ein und derselben Person.»

«Unmöglich!»

Wieder schüttelte er den Kopf.

«Doch sie lebt!», rief ich nun sehr erregt. «Sie lebt. Ich habe sie gesehen. Ich habe mit ihr gesprochen. Erst gestern Abend habe ich sie gesehen.»

«Nein», sagte er mitleidig, «es muss sich um einen Traum handeln. Die, von der Ihr sprecht, ist wirklich nicht mehr.»

«Ich habe sie erst gestern Abend gesehen», wiederholte ich.

«Und wo glaubt Ihr sie gesehen zu haben?»

«Auf dem Lido.»

«Auf dem Lido?»

«Und sie hat mit mir gesprochen. Ich habe ihre Stimme gehört, ich habe sie genauso deutlich gehört, wie ich in diesem Augenblick meine eigene höre.»

Der Rabbi strich sich nachdenklich über den Bart und schaute mich an. «Ihr glaubt, ihre Stimme gehört zu haben!», stieß er hervor. «Das ist eigenartig. Was hat sie gesagt?»

Ich wollte gerade antworten, hielt mich dann aber zurück. Plötzlich war mir ein Gedanke gekommen. Ich zitterte von Kopf bis Fuß. «Habt Ihr ... habt Ihr irgendeinen Grund zu der Annahme, dass sie als Christin gestorben ist?», fragte ich zögernd.

Der alte Herr schreckte auf und erbleichte.

'I – I – that is a strange question,' he stammered. 'Why do you ask it?'

'Yes or no?' I cried wildly. 'Yes or no?'

He frowned, looked down, hesitated. 'I admit,' he said, after a moment or two – 'I admit that I may have heard something tending that way. It may be that the maiden cherished some secret doubt. Yet she was no professed Christian.'

*'Laid in earth without one Christian prayer; with Hebrew rites; in a Hebrew sanctuary!'* I repeated to myself.

'But I marvel how you come to have heard of this,' continued the rabbi. 'It was known only to her father and myself.'

'Sir,' I said solemnly, 'I know now that Salome da Costa is dead; I have seen her spirit thrice, haunting the spot where –'

My voice broke. I could not utter the words.

'Last evening, at sunset,' I resumed, 'was the third time. Never doubting that – that I indeed beheld her in the flesh, I spoke to her. She answered me. She – she told me this.'

The rabbi covered his face with his hands, and so remained for some time, lost in meditation. 'Young man,' he said at length, 'your story is strange, and you bring strange evidence to bear upon it. It may be as you say; it may be that you are the dupe of some waking dream – I know not.'

He knew not; but I – ah! I knew, only too well. I knew now why she had appeared to me clothed with such unearthly beauty. I understood now that look of dumb

«Ich … ich … das ist eine seltsame Frage», stammelte er. «Wie kommt Ihr darauf?»

«Ja oder nein?», rief ich ungestüm. «Ja oder nein?»

Er runzelte die Stirn, schaute zu Boden, zögerte. «Ich gebe zu», sagte er nach einiger Zeit, «ich gebe zu, dass ich vielleicht etwas in dieser Richtung gehört habe. Es könnte sein, dass das Mädchen im Geheimen Zweifel hegte. Aber sie war keine bekennende Christin.»

«*Begraben ohne ein christliches Gebet, nach hebräischem Brauch, in hebräischer heiliger Erde!*», wiederholte ich leise.

«Aber ich frage mich, wie Ihr davon erfahren habt», fuhr der Rabbi fort. «Nur ihr Vater und ich selbst wussten davon.»

«Mein Herr», erwiderte ich ernst, «ich weiß jetzt, dass Salome da Costa tot ist. Dreimal bin ich ihrem Geist begegnet, der an der Stelle umgeht …»

Meine Stimme versagte. Ich konnte es nicht aussprechen.

«Gestern Abend, bei Sonnenuntergang», hob ich wieder an, «war es das dritte Mal. Ich hatte nie einen Zweifel daran … dass ich sie wirklich leibhaftig vor mir hatte, und sprach mit ihr. Sie hat mir geantwortet. Sie … sie hat folgendes zu mir gesagt.»

Der Rabbi schlug die Hände vors Gesicht und verharrte eine Weile gedankenverloren in dieser Position. «Junger Mann», sagte er schließlich, «Eure Geschichte ist sonderbar, und Ihr führt einen sonderbaren Beweis dafür an. Vielleicht ist es so, wie Ihr sagt; vielleicht seid Ihr Opfer eines Wachtraums – ich weiß es nicht.»

Er wusste es nicht, aber ich, ach, ich wusste es nur zu gut. Jetzt war mir klar, warum sie mir von so überirdischer Schönheit erschienen war, plötzlich verstand ich den Ausdruck stum-

entreaty in her eyes – that tone of strange remoteness in her voice. The sweet soul could not rest amid the dust of its kinsfolk, 'unhousel'd, unanointed, unaneal'd', lacking even 'one Christian prayer' above its grave. And now – was it all over? Should I never see her more?

Never – ah! never. How I haunted the Lido at sunset for many a month, till spring had blossomed into autumn, and autumn had ripened into summer; how I wandered back to Venice year after year, at the same season, while yet any vestige of that wild hope remained alive; how my heart has never throbbed, my pulse never leaped, for love of mortal woman since that time – are details into which I need not enter here. Enough that I watched and waited but that her gracious spirit appeared to me no more. I wait still, but I watch no longer. I know now that our place of meeting will not be here.

men Flehens in ihren Augen, den seltsam unnahbaren Klang ihrer Stimme. ‹Ungeborgen, ungesalbt und ungestärkt›, ohne auch nur ‹einem christlichen Gebet› über ihrem Grab kam die liebliche Seele im Staub ihrer Familie nicht zur Ruhe. Und jetzt? War jetzt alles vorbei? Würde ich sie nie mehr wiedersehen?

Nie, – ach, nie. Wie ich viele Monate lang bei Sonnenuntergang ruhelos auf dem Lido umherlief, bis der Frühling zum Herbst erblühte und der Herbst zum Sommer reifte; wie ich Jahr um Jahr zur selben Jahreszeit nach Venedig zurückkehrte, solange nur ein Hauch jener ungestümen Hoffnung in mir lebte; wie mein Herz seit jener Zeit nicht mehr höher geschlagen hat, mein Puls nicht mehr aus Liebe zu einer sterblichen Frau geflogen ist, sind Einzelheiten, auf die ich hier nicht eingehen muss. Es reicht, dass ich wachte und wartete, aber ihr anmutiger Geist ist mir nie mehr erschienen. Ich warte immer noch, doch ich wache nicht mehr. Ich weiß nun, dass der Ort unserer Begegnung nicht auf dieser Welt ist.

## Edith Nesbit
## John Charrington's Wedding

No one ever thought that May Forster would marry
John Charrington; but he thought differently, and
things which John Charrington intended had a queer
way of coming to pass. He asked her to marry him
before he went up to Oxford. She laughed and refused him. He asked her again next time he came
home. Again she laughed, tossed her dainty blonde
head and again refused. A third time he asked her;
she said it was becoming a confirmed bad habit, and
laughed at him more than ever.

John was not the only man who wanted to marry
her: she was the belle of our village coterie, and
we were all in love with her more or less; it was a
sort of fashion, like heliotrope ties or Inverness
capes. Therefore we were as much annoyed as surprised when John Charrington walked into our
little local Club – we held it in a loft over the saddler's, I remember – and invited us all to his wedding.

'Your wedding?'

'You don't mean it?'

'Who's the happy pair? When's it to be?'

John Charrington filled his pipe and lighted it
before he replied. Then he said:

'I'm sorry to deprive you fellows of your only
joke – but Miss Forster and I are to be married in
September.'

'You don't mean it?'

# Edith Nesbit
## Die Hochzeit des John Charrington

Kein Mensch hätte je gedacht, dass May Forster John Charrington heiraten würde, doch dieser sah das anders, und wenn John Charrington sich etwas in den Kopf gesetzt hatte, dann traf das auf sonderbare Weise auch ein. Er hielt um ihre Hand an, bevor er nach Oxford ging. Sie lachte und gab ihm einen Korb. Als er das nächste Mal nach Hause kam, fragte er sie wieder. Und wieder lachte sie, warf ihr reizendes blondes Köpfchen zurück und gab ihm den nächsten Korb. Als er sie zum dritten Mal fragte, sagte sie, dies würde zu einer schlechten Angewohnheit, und lachte ihn noch mehr aus als zuvor.

John war nicht der einzige, der sie heiraten wollte. Sie war unsere Dorfschönheit, und wir waren alle mehr oder weniger in sie verliebt. Es war eine Art Mode, wie Heliotrop-Krawatten oder Inverness-Capes. Darum waren wir genauso verärgert wie überrascht, als John Charrington in unseren kleinen Dorfclub spaziert kam – ich erinnere mich, dass wir ihn auf dem Dachboden über dem Sattlergeschäft eingerichtet hatten – und uns alle zu seiner Hochzeit einlud.

«Deine Hochzeit?»

«Das ist nicht dein Ernst!»

«Wer ist die Glückliche? Wann ist es soweit?»

Bevor er antwortete, stopfte John Charrington sich die Pfeife und zündete sie an. Dann sagte er:

«Es tut mir leid, Kameraden, euch eures einzigen Witzes zu berauben, aber Miss Forster und ich werden im September heiraten.»

«Das ist nicht dein Ernst?»

'He's got the mitten again, and it's turned his head.'

'No,' I said, rising, 'I see it's true. Lend me a pistol someone – or a first-class fare to the other end of Nowhere. Charrington has bewitched the only pretty girl in our twenty-mile radius. Was it mesmerism, or a love-potion, Jack?'

'Neither, Sir, but a gift you'll never have – perseverance – and the best luck a man ever had in this world.'

There was something in his voice that silenced me, and all chaff of the other fellows failed to draw him further.

The queer thing about it was that when we congratulated Miss Forster, she blushed and smiled and dimpled, for all the world as though she were in love with him, and had been in love with him all the time. Upon my word, I think she had. Women are strange creatures.

We were all asked to the wedding. In Brixham everyone who was anybody knew everybody else who was anyone. My sisters were, I truly believe, more interested in the trousseau than the bride herself, and I was to be best man. The coming marriage was much canvassed at afternoon tea-tables, and at our little Club over the saddler's, and the question was always asked, 'Does she care for him?'

I used to ask that question myself in the early days of their engagement, but after a certain eve-
ng in August I never asked it again. I was coming
e from the Club through the churchyard. Our
h is on a thyme-grown hill, and the turf about

«Er hat schon wieder einen Korb gekriegt und darüber den Verstand verloren.»

«Nein», sagte ich und erhob mich. «Ich glaube, dass es stimmt. Kann mir jemand eine Pistole leihen oder das Geld für eine Fahrkarte erster Klasse ans andere Ende von Nirgendwo? Charrington hat das einzige hübsche Mädchen im Umkreis von zwanzig Meilen herumgekriegt. War es Mesmerismus oder ein Liebestrank, Jack?»

«Keins von beiden, Sir. Es waren Beharrlichkeit, ein Talent, das ihr niemals haben werdet, und mehr Glück, als jemals ein Mensch hatte.»

Etwas in seiner Stimme brachte mich zum Schweigen, und auch die Neckereien der anderen lockten ihn nicht mehr aus der Reserve.

Wirklich seltsam war, dass May Forster errötete, als wir ihr gratulierten. Sie lächelte und bekam Grübchen, als wäre sie ganz eindeutig in ihn verliebt und es die ganze Zeit gewesen. Auf mein Wort, ich glaube, sie war es. Frauen sind seltsame Wesen.

Wir wurden alle zur Hochzeit eingeladen. In Brixham kannte jeder, der etwas darstellte, jeden, der etwas darstellte. Meine Schwestern waren, da bin ich überzeugt, mehr am Brautstaat interessiert als an der Braut selbst, und ich sollte Trauzeuge werden. Die bevorstehende Hochzeit wurde bei vielen Nachmittagstees und in unserem kleinen Club über dem Sattlergeschäft erörtert, wobei immer wieder die eine Frage gestellt wurde: «Macht sie sich etwas aus ihm?»

In der ersten Zeit ihrer Verlobung habe ich mir selbst oft diese Frage gestellt, doch nach einem gewissen Abend im August tat ich es nie wieder. Auf dem Heimweg vom Club ging ich über den Friedhof. Unsere Kirche steht auf einem

it is so thick and soft that one's footsteps are noise-less.

I made no sound as I vaulted the low lichened wall, and threaded my way between the tombstones. It was at the same instant that I heard John Charrington's voice, and saw her. May was sitting on a low flat gravestone, her face turned towards the full splendour of the western sun. Its expression ended, at once and for ever, any question of love for him; it was transfig-ured to a beauty I should not have believed possible, even to that beautiful little face.

John lay at her feet, and it was his voice that broke the stillness of the golden August evening.

'My dear, my dear, I believe I should come back from the dead if you wanted me!'

I coughed at once to indicate my presence, and passed on into the shadow fully enlightened.

The wedding was to be early in September. Two days before I had to run up to town on business. The train was late, of course, for we are on the South-Eastern, and as I stood grumbling with my watch in my hand, whom should I see but John Charrington and May Forster. They were walking up and down the unfrequented end of the platform, arm in arm, look-ing into each other's eyes, careless of the sympathetic interest of the porters.

Of course I knew better than to hesitate a moment before burying myself in the booking-office, and it was not till the train drew up at the platform, that I obtrusively passed the pair with my Gladstone, and took the corner in a first-class smoking-carriage. I did this with as good an air of not seeing them as I could

mit Thymian bewachsenen Hügel, und der Boden ist dort so dick und weich, dass man seine Schritte nicht hört.

Leise stieg ich über die niedrige, flechtenübersäte Mauer und schlängelte mich durch die Grabsteine. Im selben Moment, als ich John Charringtons Stimme hörte, erblickte ich sie. May hockte auf einem niedrigen flachen Grabstein und hatte ihr Gesicht der uneingeschränkten Pracht der westlichen Sonne zugewandt. Der Ausdruck darin setzte allen Fragen, ob sie ihn nun liebte, ein für alle mal ein Ende. Es war verklärt zu einer Schönheit, die ich selbst in diesem hübschen kleinen Gesicht niemals für möglich gehalten hätte.

John lag ihr zu Füßen, und seine Stimme durchbrach die Stille dieses goldenen Augustabends.

«Meine Liebste, meine Liebste, ich glaube, für dich würde ich von den Toten zurückkehren!»

Sofort hustete ich, um auf meine Anwesenheit aufmerksam zu machen, und schritt, nun alles wissend, weiter in die Schatten.

Die Hochzeit war für Anfang September angesetzt. Zwei Tage vorher musste ich geschäftlich in die Stadt fahren. Der Zug hatte natürlich Verspätung, denn wir liegen an der Strecke der South-Eastern, und wen erblickte ich, als ich grollend mit der Uhr in der Hand dastand: John Charrington und May Forster. Arm in Arm schritten sie den ruhigen Teil des Bahnsteigs auf und ab und schauten sich in die Augen, ohne dem mitfühlenden Interesse der Dienstmänner Beachtung zu schenken.

Natürlich hatte ich soviel Verstand, mich unverzüglich in der Schalterhalle zu verstecken. Erst als der Zug einfuhr, schritt ich unangenehm auffallend mit meiner Reisetasche an dem Paar vorbei und nahm den Eckplatz in einem Raucherwagen der ersten Klasse ein. Dabei bemühte ich mich,

assume. I pride myself on my discretion, but if John were travelling alone I wanted his company. I had it.

'Hullo, old man,' came his cheery voice as he swung his bag into my carriage; 'here's luck; I was expecting a dull journey!'

'Where are you off to?' I asked, discretion still bidding me turn my eyes away, though I saw, without looking, that hers were red-rimmed.

'To old Branbridge's,' he answered, shutting the door and leaning out for a last word with his sweetheart.

'Oh, I wish you wouldn't go, John,' she was saying in a low, earnest voice. 'I feel certain something will happen.'

'Do you think I should let anything happen to keep me, and the day after tomorrow our wedding day?'

'Don't go,' she answered, with a pleading intensity which would have sent my Gladstone onto the platform and me after it. But she wasn't speaking to me. John Charrington was made differently: he rarely changed his opinions, never his resolutions.

He only stroked the little ungloved hands that lay on the carriage door.

'I must, May. The old boy's been awfully good to me, and now he's dying I must go and see him, but I shall come home in time for –' the rest of the parting was lost in a whisper and in the rattling lurch of the starting train.

'You're sure to come?' she spoke as the train moved.

'Nothing shall keep me,' he answered; and we steamed out. After he had seen the last of the little figure on

möglichst so zu wirken, als sähe ich sie nicht. Ich bilde mir etwas auf mein Taktgefühl ein, doch falls John allein reiste, wollte ich seine Gesellschaft. Ich bekam sie.

«Hallo, alter Junge», hörte ich seine fröhliche Stimme, als er seine Tasche in mein Abteil schwang, «was für ein Glück. Ich hatte mich schon auf eine langweilige Reise gefasst gemacht!»

«Wohin fährst du?», fragte ich, wobei die Diskretion mich immer noch den Blick abwenden ließ, obwohl ich auch so sah, dass ihre Augen rote Ränder hatten.

«Zum alten Branbridge», erwiderte er, schloss die Tür und lehnte sich zu einem letzten Wort mit seinem Schatz hinaus.

«Ach, John, ich wünschte, du würdest nicht fahren», sagte sie mit leiser, ernster Stimme. «Ich habe das sichere Gefühl, dass etwas geschehen wird.»

«Glaubst du, dass ich mich durch irgendein Geschehnis aufhalten lassen würde, wo übermorgen unser Hochzeitstag ist?»

«Fahr nicht», erwiderte sie mit derart flehendem Nachdruck, dass meine Reisetasche sofort zurück auf den Bahnsteig geflogen wäre und ich hinterher. Doch sie sprach nicht mit mir. John Charrington war aus anderem Holz. Er änderte selten seine Meinung und nie seine Vorsätze.

Er streichelte ihr nur über die zierlichen nackten Hände, die in der Abteiltür lagen.

«Ich muss, May. Der alte Knabe war fürchterlich gut zu mir, und jetzt, wo er stirbt, muss ich ihn besuchen. Aber ich werde rechtzeitig wieder zurück sein für ...» Der Rest des Abschieds ging in einem Flüstern und dem ratternden Rucken des anfahrenden Zugs unter.

«Kommst du auch wirklich?», fragte sie, als der Zug sich in Bewegung setzte.

«Nichts wird mich aufhalten können», erwiderte er, und wir dampften los. Als die kleine Gestalt auf dem Bahnsteig

the platform he leaned back in his corner and kept silence for a minute.

When he spoke it was to explain to me that his godfather, whose heir he was, lay dying at Peasmarsh Place, some fifty miles away, and had sent for John, and John had felt bound to go.

'I shall be surely back tomorrow,' he said, 'or, if not, the day after, in heaps of time. Thank heaven, one hasn't to get up in the middle of the night to get married nowadays!'

'And suppose Mr Branbridge dies?'

'Alive or dead I mean to be married on Thursday!' John answered, lighting a cigar and unfolding *The Times*.

At Peasmarsh station we said 'goodbye', and he got out, and I saw him ride off; I went on to London, where I stayed the night.

When I got home the next afternoon, a very wet one, by the way, my sister greeted me with:

'Where's Mr Charrington?'

'Goodness knows,' I answered testily. Every man, since Cain, has resented that kind of question.

'I thought you might have heard from him,' she went on, 'as you're to give him away tomorrow.'

'Isn't he back?' I asked, for I had confidently expected to find him at home.

'No, Geoffrey,' – my sister Fanny always had a way of jumping to conclusions, especially such conclusions as were least favourable to her fellow-creatures – 'he has not returned, and, what is more, you may depend upon it he won't. You mark my words, there'll be no wedding tomorrow.'

nicht mehr zu erkennen war, lehnte er sich in seiner Ecke zurück und blieb eine Weile still.

Dann erklärte er mir, dass sein Pate, dessen Erbe er sei, im etwa fünfzig Meilen entfernten Peasmarsh im Sterben liege und nach John geschickt habe, weshalb sich John verpflichtet fühle zu kommen.

«Bestimmt werde ich morgen wieder zurück sein», sagte er, «und wenn nicht, übermorgen, so dass immer noch Zeit genug bleibt. Gott sei Dank muss man heutzutage nicht mehr mitten in der Nacht aufstehen, wenn man heiraten will!»

«Und wenn Mr. Branbridge stirbt?»

«Tot oder lebendig – ich werde am Donnerstag heiraten!», erwiderte John, steckte sich eine Zigarre an und schlug die *Times* auf.

Im Bahnhof von Peasmarsh verabschiedeten wir uns, und er stieg aus. Ich blickte ihm in seiner Kutsche hinterher und fuhr weiter nach London, wo ich über Nacht blieb.

Als ich am nächsten, übrigens sehr feuchten Nachmittag nach Hause kam, begrüßte mich meine Schwester:

«Wo ist Mr. Charrington?»

«Weiß der Himmel», erwiderte ich gereizt. Seit Kain ärgern sich die Männer über diese Art Frage. «Ich dachte, du hättest vielleicht von ihm gehört», fuhr sie fort, «schließlich sollst du morgen sein Trauzeuge sein.»

«Ist er noch nicht zurück?», fragte ich, denn ich war sicher davon ausgegangen, ihn zuhause vorzufinden.

«Nein, Geoffrey.» Meine Schwester Fanny neigte schon immer dazu, voreilige Schlüsse zu ziehen, insbesondere wenn diese unvorteilhaft für ihre Mitmenschen waren. «Er ist noch nicht wieder zurück, und was noch wichtiger ist – du kannst dich darauf verlassen, dass er nicht zurückkommen wird. Hör auf meine Worte, morgen wird es keine Hochzeit geben.»

My sister Fanny has a power of annoying me which no other human being possesses.

'You mark my words,' I retorted with asperity, 'you had better give up making such a thundering idiot of yourself. There'll be more wedding tomorrow than ever you'll take the first part in.' A prophecy which, by the way, came true.

But though I could snarl confidently at my sister, I did not feel so comfortable when late that night, I, standing on the doorstep of John's house, heard that he had not returned. I went home gloomily through the rain. Next morning brought a brilliant blue sky, gold sun, and all such softness of air and beauty of cloud as go to make up a perfect day. I woke with a vague feeling of having gone to bed anxious, and of being rather averse to facing that anxiety in the light of full wakefulness.

But with my shaving-water came a note from John which relieved my mind and sent me up to the Forsters with a light heart.

May was in the garden. I saw her blue gown through the hollyhocks as the lodge gates swung to behind me. So I did not go up to the house, but turned aside down the turfed path.

'He's written to you too,' she said, without preliminary greeting, when I reached her side.

'Yes, I'm to meet him at the station at three, and come straight on to the church.'

Her face looked pale, but there was a brightness in her eyes, and a tender quiver about the mouth that spoke of renewed happiness.

'Mr Branbridge begged him so to stay another

Kein Mensch auf Erden schafft es, mich so in Rage zu bringen wie meine Schwester Fanny.

«Hör auf meine Worte», erwiderte ich in scharfem Ton, «du solltest lieber aufhören, dich wie eine Vollidiotin zu benehmen. Die Hochzeit morgen wird alles übertreffen, was du jemals in der Hauptrolle erleben wirst.» Eine Prophezeiung, die sich, nebenbei bemerkt, erfüllen sollte.

Doch obwohl ich meine Schwester selbstsicher anfauchen konnte, wurde mir unbehaglich, als ich am späten Abend vor der Tür von Johns Haus stand und erfuhr, dass er noch nicht wieder da war. Bedrückt lief ich durch den Regen nach Hause. Am nächsten Morgen war der Himmel strahlend blau, die Sonne golden und die Luft so mild und voller Schönwetterwolken, wie es sich für einen makellosen Tag gehört. Im Erwachen hatte ich das undeutliche Gefühl, dass ich besorgt zu Bett gegangen war, mich diesen Sorgen aber im hellen Licht des Tages nicht mehr stellen mochte.

Doch mit meinem Rasierwasser traf eine Nachricht von John ein, die mich beruhigte und leichten Herzens zu den Forsters gehen ließ.

May war im Garten. Als die Türen des Pförtnerhäuschens hinter mir zuschwangen, erblickte ich zwischen den Stockrosen ihr blaues Kleid, weshalb ich nicht zum Haus ging, sondern seitwärts in den Rasenweg einbog.

«Er hat Ihnen auch geschrieben», sagte sie, ohne mich zu begrüßen, als ich neben ihr angekommen war.

«Ja, ich soll ihn um drei Uhr vom Bahnhof abholen und direkt zur Kirche fahren.»

Ihr Gesicht wirkte blass, doch in ihren Augen lag ein Strahlen und um den Mund spielte ein zartes Zittern, das vom wiedergefundenen Glück sprach.

«Mr. Branbridge hat ihn gebeten, noch eine Nacht zu blei-

night that he had not the heart to refuse,' she went on. 'He is so kind, but I wish he hadn't stayed.'

I was at the station at half past two. I felt rather annoyed with John. It seemed a sort of slight to the beautiful girl who loved him, that he should come as it were out of breath, and with the dust of travel upon him, to take her hand, which some of us would have given the best years of our lives to take.

But when the three' o'clock train glided in, and glided out again having brought no passengers to our little station, I was more than annoyed. There was no other train for thirty-five minutes; I calculated that, with much hurry, we might just get to the church in time for the ceremony; but, oh, what a fool to miss that first train! What other man could have done it?

That thirty-five minutes seemed a year, as I wandered round the station reading the advertisements and the timetables, and the company's bye-laws, and getting more and more angry with John Charrington. This confidence in his own power of getting everything he wanted the minute he wanted it was leading him too far. I hate waiting. Everyone does, but I believe I hate it more than anyone else. The three thirty-five was late, of course.

'Drive to the church!' I said, as someone shut the door. 'Mr Charrington hasn't come by this train.'

I ground my pipe between my teeth and stamped with impatience as I watched the signals. Click. The signal went down. Five minutes later I flung myself into the carriage that I had brought for John.

ben, und er hat es nicht übers Herz gebracht, Nein zu sagen»,
fuhr sie fort. «Er ist so gut, aber ich wünschte, er wäre nicht
geblieben.»

Um halb drei war ich am Bahnhof. Ich ärgerte mich ziemlich über John. Dass er mehr oder weniger atemlos und noch
vom Reisestaub bedeckt ankam, um sie zu heiraten, erschien
mir wie eine Beleidigung gegenüber dem schönen Mädchen,
das ihn liebte und für deren Hand manche von uns die besten
Jahre ihres Lebens gegeben hätten.

Doch als der Dreiuhrzug ein- und wieder ausfuhr, ohne
einen Passagier in unserem kleinen Bahnhof abgesetzt zu haben, war ich mehr als verärgert. Der nächste Zug sollte erst
in fünfunddreißig Minuten kommen, und ich rechnete mir
aus, dass wir, wenn wir uns sehr beeilten, gerade noch rechtzeitig zur Zeremonie bei der Kirche eintreffen konnten. Aber,
ach, was für ein Narr war er, diesen ersten Zug zu verpassen!
Welcher andere Mann hätte das gemacht?

Die fünfunddreißig Minuten, in denen ich auf dem Bahnhof umherging, Werbeplakate, Fahrpläne und die Satzung
der Zuggesellschaft las, kamen mir wie ein Jahr vor, und ich
wurde immer wütender auf John Charrington. Dieses unbe-
irrbare Selbstvertrauen, dass er immer alles bekam, was er
wollte, genau dann, wann er es wollte, ließ ihn zu weit gehen.
Ich hasse es, zu warten. Jeder hasst das, aber ich vermutlich
mehr als jeder andere Mensch. Der Zug um drei Uhr fünfunddreißig hatte natürlich Verspätung.

«Fahr zur Kirche!», sagte ich, als jemand die Tür zuschlug,
«Mr. Charrington ist nicht mit diesem Zug gekommen.»

Ich kaute mit meinen Zähnen auf der Pfeife und trat vor Un-
geduld von einem Fuß auf den anderen, während ich auf das
Signal wartete. Klick. Es ging nach unten. Fünf Minuten später
warf ich mich in die Kutsche, mit der ich John abholen wollte.

Anxiety now replaced anger. What had become of the man? Could he have been taken suddenly ill? I had never known him have a day's illness in his life. And even so he might have telegraphed. Some awful accident must have happened to him. The thought that he had played her false never – no, not for a moment – entered my head. Yes, some thing terrible had happened to him, and on me lay the task of telling his bride. I almost wished the carriage would upset and break my head so that someone else might tell her, not I, who – but that's nothing to do with this story.

It was five minutes to four as we drew up at the churchyard gate. A double row of eager onlookers lined the path from lychgate to porch. I sprang from the carriage and passed up between them. Our gardener had a good front place near the door. I stopped.

'Are they waiting still, Byles?' I asked, simply to gain time, for of course I knew they were by the waiting crowd's attentive attitude.

'Waiting, Sir? No, no, Sir; why, it must be over by now.'

'Over! Then Mr Charrington's come?'

'To the minute, Sir; must have missed you somehow, and I say, Sir,' lowering his voice, 'I never see Mr John the least bit so afore, but my opinion is he's been drinking pretty free. His clothes was all dusty and his face like a sheet. I tell you I didn't like the looks of him at all, and the folks inside are saying all sorts of things. You'll see, something's gone very wrong with Mr John, and he's tried liquor. He looked like a ghost, and in he went with

Meine Wut wich jetzt der Sorge. Was war mit dem Mann los? War er plötzlich krank geworden? Mir war nicht bekannt, dass er auch nur einen Tag in seinem Leben unpässlich gewesen wäre. Und selbst dann hätte er telegraphieren können. Ein fürchterlicher Unfall musste ihm zugestoßen sein. Nicht einen Augenblick, nein, keinen einzigen, dachte ich daran, dass er vielleicht ein falsches Spiel mit ihr trieb. Ja, es war ihm etwas Schreckliches zugestoßen, und mir fiel jetzt die Aufgabe zu, es der Braut zu sagen. Ich wünschte fast, die Kutsche würde umstürzen und ich mir den Hals brechen, damit jemand anderes es tun musste und nicht ich, der ich … Doch das hat nichts mit dieser Geschichte zu tun.

Als wir am Tor zum Kirchhof vorfuhren, war es fünf vor vier. Zweireihig säumten die ungeduldigen Schaulustigen den Weg zwischen dem überdachten Friedhofstor und dem Kirchenportal. Unser Gärtner hatte einen guten Platz in der ersten Reihe nahe bei der Kirchentür ergattert. Ich blieb stehen.

«Warten sie noch, Byles?», fragte ich, nur um Zeit zu gewinnen, denn natürlich konnte ich das schon an der aufmerksamen Haltung der Menge erkennen.

«Warten, Sir? Nein, nein, Sir. Es muss doch mittlerweile schon vorbei sein?»

«Vorbei! Dann ist Mr. Charrington gekommen?»

«Auf die Minute, Sir. Irgendwie scheint er Euch verpasst zu haben, und außerdem, Sir», er senkte die Stimme, «hab' ich Mr. John noch nie annähernd so erlebt. Meiner Meinung nach hat er ziemlich getrunken. Seine Kleider waren ganz staubig und sein Gesicht weiß wie ein Laken. Ehrlich gesagt, mir hat sein Aussehen überhaupt nicht gefallen, und die Leute drinnen erzählen alles mögliche. Ihr werdet sehen, irgendetwas ist Mr. John ordentlich über die Leber gelaufen, und er hat es mit Alkohol versucht. Er sah aus wie ein Geist und ist

his eyes straight before him, with never a look or a word for none of us: him that was always such a gentleman!'

I had never heard Byles make so long a speech. The crowd in the churchyard were talking in whispers and getting ready rice and slippers to throw at the bride and bridegroom. The ringers were ready with their hands on the ropes to ring out the merry peal as the bride and bride-groom should come out.

A murmur from the church announced them; out they came. Byles was right. John Charrington did not look himself. There was dust on his coat, his hair was disarranged. He seemed to have been in some row, for there was a black mark above his eyebrow. He was deathly pale. But his pallor was not greater than that of the bride, who might have been carved in ivory – dress, veil, orange blossoms, face and all.

As they passed out the ringers stooped – there were six of them – and then, on the ears expecting the gay wedding peal, came the slow tolling of the passing bell.

A thrill of horror at so foolish a jest from the ringers passed through us all. But the ringers themselves dropped the ropes and fled like rabbits out into the sunlight. The bride shuddered, and grey shadows came about her mouth, but the bridegroom led her on down the path where the people stood with the handfuls of rice; but the handfuls were never thrown, and the wedding bells never rang. In vain the ringers were urged to remedy their mistake: they protested with many whispered expletives that they would see themselves further first.

mit starr geradeaus gerichteten Augen reingegangen, ohne einen von uns eines Wortes oder Blickes zu würdigen. Wo er doch immer so ein Gentleman war!»

Ich hatte Byles noch nie eine so lange Rede halten hören. Die Menschen im Kirchhof sprachen flüsternd miteinander und hielten Reis und Pantoffeln bereit, die sie auf Braut und Bräutigam werfen wollten. Die Hände der Glöckner lagen schon auf den Seilen, um fröhlich loszuläuten, sobald Braut und Bräutigam herauskamen.

Ein Raunen aus der Kirche kündigte sie an; da kamen sie. Byles hatte Recht gehabt. John Charrington sah schlecht aus. Sein Mantel war staubbedeckt, das Haar zerzaust. Er schien in irgendeine handgreifliche Auseinandersetzung verwickelt gewesen zu sein, denn oberhalb seiner Augenbraue hatte er einen schwarzen Fleck. Er war totenbleich, aber auch nicht blasser als die Braut, die wie aus Elfenbein geschnitzt aussah – mit Kleid, Schleier, Orangenblüten, Gesicht und allem.

Als sie aus der Kirche traten, bückten sich die Glöckner – es waren sechs –, und plötzlich drang das langsame Läuten der Totenglocke an die Ohren, die auf das fröhliche Hochzeitsgebimmel warteten.

Uns alle durchfuhr der Schreck über einen so dummen Streich, während die Glöckner die Seile fahren ließen und wie die Kaninchen ins Sonnenlicht hinaus flohen. Die Braut erschauerte, und graue Schatten legten sich um ihren Mund, aber der Bräutigam führte sie den Weg entlang, an dem die Menschen mit Händen voller Reis standen. Der Reis sollte niemals geworfen werden, wie auch die Hochzeitsglocken niemals erklangen. Vergeblich drängte man die Glöckner, ihren Fehler gut zu machen. Sie wehrten sich mit vielen geflüsterten Flüchen, dass sie sich eher ganz aus dem Staub machen würden.

In a hush like the hush in the chamber of death
the bridal pair passed into their carriage and its door
slammed behind them.

Then the tongues were loosed. A babel of anger,
wonder, conjecture from the guests and the spectators.

'If I'd seen his condition, Sir,' said old Forster to
me as we drove off, 'I would have stretched him on
the floor of the church, Sir, by heaven I would, before I'd have let him marry my daughter!'

Then he put his head out of the window.

'Drive like hell,' he cried to the coachman; 'don't
spare the horses.'

He was obeyed. We passed the bride's carriage. I
forbore to look at it, and old Forster turned his head
away and swore. We reached home before it.

We stood in the doorway, in the blazing afternoon sun, and in about half a minute we heard
wheels crunching the gravel. When the carriage
stopped in front of the steps old Forster and I ran
down.

'Great heaven, the carriage is empty! And yet –'

I had the door open in a minute, and this is what
I saw ...

No sign of John Charrington; and of May, his
wife, only a huddled heap of white satin lying half
on the floor of the carriage and half on the seat.

'I drove straight here, Sir,' said the coachman, as
the bride's father lifted her out; 'and I'll swear no
one got out of the carriage.'

We carried her into the house in her bridal dress
and drew back her veil. I saw her face. Shall I ever
forget it? White, white and drawn with agony and

Als das Brautpaar in seine Kutsche stieg und die Tür hinter ihnen zufiel, herrschte Totenstille.

Dann lösten sich die Zungen von Gästen und Zuschauern zu einem Stimmengewirr aus Wut, Staunen und Vermutungen.

«Wenn ich seinen Zustand erkannt hätte», sagte der alte Forster zu mir, als wir losfuhren, «hätte ich ihn auf dem Kirchenboden niedergestreckt, bei Gott, niedergestreckt, bevor ich ihn meine Tochter heiraten lasse!» Dann hielt er seine Hand aus dem Fenster.

«Fahr wie der Teufel», rief er dem Kutscher zu, «nimm keine Rücksicht auf die Pferde.»

Der Mann gehorchte. Wir überholten die Brautkutsche. Ich ertrug es nicht, hinzusehen, und auch der alte Forster wandte fluchend den Kopf ab. Noch vor ihr kamen wir zu Hause an.

Nachdem wir ungefähr eine halbe Minute im blendenden Nachmittagslicht vor der Tür standen, hörten wir Räder über den Kies knirschen. Als die Kutsche vor der Eingangstreppe stehenblieb, liefen der alter Forster und ich hinab.

«Gütiger Himmel, die Kutsche ist leer! Und doch …»

Im nächsten Moment hatte ich die Tür geöffnet und erblickte Folgendes:

Keine Spur von John Charrington, und von seiner Frau May nur ein zusammengekauerter Haufen weißen Satins, der halb auf dem Kutschenboden, halb auf dem Sitz lag.

«Ich bin geradewegs hierher gefahren», erklärte der Kutscher, als der Brautvater sie heraushob, «und ich schwöre, dass niemand aus der Kutsche gestiegen ist.»

Wir trugen sie in ihrem Brautstaat ins Haus und schlugen den Schleier zurück. Ich sah ihr Gesicht. Ob ich es jemals vergessen werde? Weiß, von Höllenqualen und Grauen ver-

horror, bearing such a look of terror as I have never seen since except in dreams. And her hair, her radiant blonde hair, I tell you it was white like snow.

As we stood, her father and I, half mad with the horror and mystery of it, a boy came up the avenue – a telegraph boy. They brought the orange envelope to me. I tore it open.

*Mr Charrington was thrown from the dogcart on his way to the station at half past one. Killed on the spot!*

And he was married to May Forster in our parish church at *half past three*, in presence of half the parish.

*'I shall be married, dead, or alive!'*

What had passed in that carriage on the homeward drive? No one knows – no one will ever know. Oh, May! oh, my dear!

Before a week was over they laid her beside her husband in our little churchyard on the thyme-covered hill – the churchyard where they had kept their love-trysts.

Thus was accomplished John Charrington's wedding.

zerrt, gezeichnet von Entsetzen, wie ich es seither nur noch im Traum gesehen habe. Und ihr Haar, ihr leuchtend blondes Haar, es war weiß wie Schnee.

Während ihr Vater und ich noch halb wahnsinnig vom Grauen und der Unerklärlichkeit des Ganzen standen, kam ein Junge die Straße hinauf – der Telegrammbote. Man reichte mir den orangefarbenen Umschlag. Ich riss ihn auf. *Mr. Charrington wurde um halb zwei auf dem Weg zum Bahnhof aus dem Einspänner geworfen. Er war auf der Stelle tot!*

Und um halb vier war er in unserer Kirche in Anwesenheit der halben Gemeinde mit May Forster getraut worden.

«*Ich werde heiraten – tot oder lebendig!*»

Was war auf dem Heimweg in jener Kutsche vorgefallen? Das weiß niemand – und niemand wird es jemals erfahren. Ach, May! Ach, liebe May!

Bevor eine Woche verstrichen war, wurde sie neben ihrem Ehemann auf unserem kleinen Friedhof auf dem Thymianhügel begraben, demselben Friedhof, auf dem sie sich als Liebende ihre Stelldicheins gegeben hatten.

Und so erfüllte sich die Hochzeit des John Charrington.

# Mary E. Wilkins Freeman
## Luella Miller

Close to the village street stood the one-story house
in which Luella Miller, who had an evil name in the
village, had dwelt. She had been dead for years, yet
there were those in the village who, in spite of the
clearer light which comes on a vantage-point from
a long-past danger, half believed in the tale which
they had heard from their childhood. In their hearts,
although they scarecely would have owned it, was a
survival of the wild horror and frenzied fear of their
ancestors who had dwelt in the same age with Luella
Miller. Young people even would stare with a shudder
at the old house as they passed, and children never
played around it as was their wont around an un-
tenanted building. Not a window in the old Miller
house was broken: the panes reflected the morning
sunlight in patches of emerald and blue, and the latch
of the sagging front door was never lifted, although
no bolt secured it. Since Luella Miller had been carried out of it, the house had had no tenant except
one friendless old soul who had no choice between
that and the far-off shelter of the open sky. This old
woman, who had survived her kindred and friends,
lived in the house one week, then one morning no
smoke came out of the chimney, and a body of neighbours, a score strong, entered and found her dead in
her bed. There were dark whispers as to the cause of
her death, and there were those who testified to an
expression of fear so exalted that it showed forth the

# Mary E. Wilkins Freeman
## Luella Miller

In der Nähe der Dorfstraße stand das einstöckige Haus, in dem einst Luella Miller lebte, die im Dorf einen bösen Ruf hatte. Obwohl sie schon seit Jahren tot war, und trotz des klareren Lichts, das den Blick auf weit zurückliegende Gefahren erhellt, gab es im Dorf immer noch Menschen, die der Geschichte aus ihren Kindertagen durchaus Glauben schenkten. Auch wenn sie es ungern zugegeben hätten, lebte in ihren Herzen das nackte Grauen weiter und die panische Angst ihrer Vorfahren, die Zeitgenossen Luella Millers gewesen waren. Selbst junge Leute erschauerten beim Anblick des alten Hauses, wenn sie dort vorbei gingen, und die Kinder spielten nie in der Nähe, wie sie es sonst bei unbewohnten Häusern tun. Kein Fenster des alten Miller-Hauses war zerbrochen, in den Scheiben spiegelte sich das morgendliche Sonnenlicht in schimmerndem Blau und Smaragdgrün, und obwohl kein Riegel sie versperrte, wurde der Knauf der durchhängenden Haustür nie gedreht. Seit man Luella Miller aus dem Haus getragen hatte, war es von niemanden mehr bewohnt worden, außer von einer einsamen alten Seele, der keine andere Wahl zwischen dieser Unterkunft und der unter freiem Himmel geblieben war. Diese alte Frau, die alle ihre Freunde und Verwandten überlebt hatte, wohnte eine Woche in dem Haus, als eines Morgens kein Rauch mehr aus dem Schornstein aufstieg. Da ging eine Gruppe von Nachbarn, zwanzig an der Zahl, um nachzuschauen, und man fand sie tot in ihrem Bett. Über die Todesursache raunte man sich finstere Dinge zu, und manche berichteten von einem so übermäßigen Ausdruck des Schreckens im Gesicht der Toten, dass es auf den Zustand der

state of the departing soul upon the dead face. The old woman had been hale and hearty when she entered the house, and in seven days she was dead; it seemed that she had fallen a victim to some uncanny power. The minister talked in the pulpit with covert severity against the sin of superstition; still the belief prevailed. Not a soul in the village but would have chosen the almshouse rather than that dwelling. No vagrant, if he heard the tale, would seek shelter beneath that old roof, unhallowed by nearly half a century of superstitious fear.

There was only one person in the village who had actually known Luella Miller. That person was a woman well over eighty, but a marvel of vitality and unextinct youth. Straight as an arrow, with the spring of one recently let loose from the bow of life, she moved about the streets, and she always went to church, rain or shine. She had never married, and had lived alone for years in a house across the road from Luella Miller's.

This woman had none of the garrulousness of age, but never in all her life had she ever held her tongue for any will save her own, and she never spared the truth when she essayed to present it. She it was who bore testimony to the life, evil, though possibly wittingly or designedly so, of Luella Miller, and to her personal appearance. When this old woman spoke – and she had the gift of description, although her thoughts were clothed in the rude vernacular of her native village – one could seem to see Luella Miller as she had really looked. According to this woman, Lydia Anderson by name, Luella Miller had been a

Seele hinwies, als sie den Körper verließ. Die alte Frau war gesund und munter gewesen, als sie in das Haus zog, doch nach sieben Tagen war sie tot, und es sah so aus, als sei sie das Opfer einer unheimlichen Macht geworden. Der Pfarrer wetterte von der Kanzel mit unverhohlener Schärfe gegen die Sünde des Aberglaubens, doch es änderte nichts an der vorherrschenden Meinung. Kein einziger Mensch im ganzen Dorf hätte jene Unterkunft dem Armenhaus vorgezogen. Kein Vagabund, der von dieser Geschichte hörte, wollte Schutz unter dem alten Dach suchen, das von fast einem halben Jahrhundert des Aberglaubens und der Angst entweiht war.

Es gab nur einen Menschen im Dorf, der Luella Miller noch gekannt hatte. Dieser Mensch war eine Frau, die zwar weit über achtzig, aber ein Wunder an Vitalität und unverwüstlicher Jugendlichkeit war. Aufrecht wie ein Pfeil und mit der Geschmeidigkeit eines Menschen, der gerade erst vom Bogen des Lebens losschnellt, lief sie durch die Straßen und besuchte regelmäßig und bei jedem Wind und Wetter die Kirche. Geheiratet hatte sie nie. Seit Jahren lebte sie allein in einem Haus direkt gegenüber dem von Luella Miller.

Diese Frau hatte nichts von der Geschwätzigkeit des Alters, doch sie hatte sich in ihrem ganzen Leben noch nie den Mund verbieten lassen und niemanden geschont, wenn sie die Wahrheit darzulegen versuchte. Und sie war es nun, die, wenn auch vielleicht wissentlich oder mit einer bestimmten Absicht, das böse Leben der Luella Miller bezeugte und deren Aussehen. Wenn die alte Frau sprach – sie war eine gute Erzählerin, obwohl sie ihre Gedanken in die Worte ihres groben Heimatdialekts kleidete – war es, als sähe man Luella Miller vor sich, wie sie wirklich ausgesehen hatte. Dieser Frau nach, sie hieß Lydia Anderson, muss Luella Miller eine für Neuengland eher ungewöhnliche Schönheit gewesen sein. Sie war ein zierliches

beauty of a type rather unusual in New England. She had been a slight, pliant sort of creature, as ready with a strong yielding to fate and as unbreakable as a willow. She had glimmering lengths of straight, fair hair, which she wore softly looped round a long, lovely face. She had blue eyes full of soft pleading, little slender, clinging hands, and a wonderful grace of motion and attitude.

"Luella Miller used to sit in a way nobody else could if they sat up and studied a week of Sundays," said Lydia Anderson, "and it was a sight to see her walk. If one of them willows over there on the edge of the brook could start up and get its roots free of the ground, and move off, it would go just the way Luella Miller used to. She had a green shot silk she used to wear, too, and a hat with green ribbon streamers, and a lace veil blowing across her face and out sideways, and a green ribbon flyin' from her waist. That was what she came out bride in when she married Erastus Miller. Her name before she was married was Hill. There was always a sight of "l's" in her name, married or single. Erastus Miller was good lookin', too, better lookin' than Luella. Sometimes I used to think that Luella wa'n't so handsome after all. Erastus just about worshiped her. I used to know him pretty well. He lived next door to me, and we went to school together. Folks used to say he was waitin' on me, but he wa'n't. I never thought he was except once or twice when he said things that some girls might have suspected meant somethin'. That was before Luella came here to teach the district school. It was funny how she

und geschmeidiges Geschöpf, mit einer ausgeprägten Bereitschaft, sich dem Schicksal zu beugen, aber gleichzeitig so elastisch wie eine Weidenrute. Ihr langes, glänzend glattes Blondhaar trug sie zu schmeichelnden Wellen um das längliche, liebliche Gesicht hochgesteckt. Sie hatte blaue, sanft flehende Augen, kleine schlanke Hände, mit denen sie fest klammern konnte, und sie bewegte und hielt sich mit wunderbarer Anmut.

«So wie Luella Miller hat keine andere gesessen, wenn sie ewig zusammenhockten und studierten», erzählte Lydia Anderson. «Sie gehen zu sehen, war ein besonderer Anblick. Wenn eine der Weiden drüben am Rand des Grabens lebendig werden, ihre Wurzeln aus dem Boden ziehen und loslaufen würde, sie würde sich genauso bewegen wie Luella Miller. Meist trug sie auch ein grün schillerndes Seidenkleid und einen Hut mit grünen flatternden Bändern, während ein Spitzenschleier um ihr Gesicht und zur Seite wehte und eine grüne Schleife von ihrer Taille floss. So war auch ihr Brautstaat, als sie Erastus Miller heiratete. Vor ihrer Hochzeit hatte sie Hill geheißen. Vor oder nach der Ehe, es gab immer eine Menge ‹l›s in ihrem Namen. Auch Erastus Miller sah gut aus, besser sogar als Luella. Manchmal hab' ich gedacht, dass Luella eigentlich gar nicht so schön war. Erastus hat sie förmlich angebetet. Ich kannte ihn recht gut. Er war mein Nachbar, und wir sind zusammen zur Schule gegangen. Die Leute haben immer gesagt, er hätte mir den Hof gemacht, aber das stimmt nicht. Nie wär' ich auf so einen Gedanken gekommen, höchstens ein oder zweimal, als er Dinge sagte, in die manche Mädchen vielleicht Bedeutung gelegt hätten. Aber das war, bevor Luella hierher kam, um an der Bezirksschule zu unterrichten. Es war schon seltsam, dass sie diese Stelle bekam, denn die Leute sagten, sie hätte keinerlei Ausbildung, und eins der grö-

came to get it, for folks said she hadn't any educa-
tion, and that one of the big girls, Lottie Henderson, used to do all the teachin' for her, while she
sat back and did embroidery work on a cambric
pocket-handkerchief. Lottie Henderson was a real
smart girl, a splendid scholar, and she just set her
eyes by Luella, as all the girls did. Lottie would have
made a real smart woman, but she died when Luella
had been here about a year – just faded away and
died: nobody knew what ailed her. She dragged
herself to that schoolhouse and helped Luella teach
till the very last minute. The committee all knew
how Luella didn't do much of the work herself, but
they winked at it. It wa'n't long after Lottie died
that Erastus married her. I always thought he hurried it up because she wa'n't fit to teach. One of the
big boys used to help her after Lottie died, but he
hadn't much government, and the school didn't do
very well, and Luella might have had to give it up,
for the committee couldn't have shut their eyes to
things much longer. The boy that helped her was
a real honest, innocent sort of fellow, and he was
a good scholar, too. Folks said he overstudied, and
that was the reason he was took crazy the year after
Luella married, but I don't know. And I don't know
what made Erastus Miller go into consumption of
the blood the year after he was married: consumption wa'n't in his family. He just grew weaker and
weaker, and went almost bent double when he tried
to wait on Luella, and he spoke feeble, like an old
man. He worked terrible hard till the last trying to
save up a little to leave Luella. I've seen him out

ßeren Mädchen, Lottie Henderson, hätte immer für sie unterrichtet, während sie selbst sich zurücklehnte und an einem feinen Taschentuch stickte. Lottie Henderson war ein wirklich aufgewecktes Mädchen, eine hervorragende Schülerin, und wie alle anderen Mädchen himmelte sie Luella an. Aus Lottie wär' mal 'ne richtig patente Frau geworden, doch sie starb, als Luella ungefähr ein Jahr hier war. Sie ist einfach immer weniger geworden und gestorben, niemand wusste woran. Bis zur letzten Minute hat sie sich zum Schulhaus geschleppt und Luella beim Unterrichten geholfen. Im Ausschuss wussten sie alle, dass Luella selbst nicht viel gearbeitet hat, doch sie haben ein Auge zugedrückt. Bald nach Lotties Tod hat Erasmus sie geheiratet. Ich hab' immer gedacht, dass er es überstürzt hat, weil sie nicht unterrichten konnte. Nach Lotties Tod hat ihr immer einer der größeren Jungen geholfen, doch er hatte nicht viel Autorität und es lief schlecht in der Schule. Vielleicht hätte Luella den Posten aufgeben müssen, denn der Ausschuss konnte die Augen vor den Zuständen ja nicht ewig verschließen. Der Junge, der ihr half, war ein wirklich anständiger und unschuldiger Kerl, und er war ebenfalls ein guter Schüler. Die Leute sagen, er hätt' es mit dem Lernen übertrieben und wär' deshalb in dem Jahr nach Luellas Hochzeit verrückt geworden, aber ich weiß nicht. Und ich weiß auch nicht, warum Erastus Miller im Jahr nach der Hochzeit an der Schwindsucht erkrankte, denn das lag bei ihm gar nicht in der Familie. Er ist einfach nur immer schwächer geworden, ging tief gebückt, wenn er versuchte, Luella zu bedienen, und sprach mit zittriger Stimme wie ein alter Mann. Bis zum Schluss hat er fürchterlich hart gearbeitet, weil er ein wenig zusammensparen wollte, um es Luella zu hinterlassen. In den schlimmsten Stürmen hab' ich ihn mit seinem Holzschlitten draußen gesehen – er fällte und verkaufte Holz. Wenn er zusammengekauert oben auf dem

in the worst storms on a wood-sled – he used to
cut and sell wood – and he was hunched up on top
lookin' more dead than alive. Once I couldn't stand
it: I went over and helped him pitch some wood on
the cart – I was always strong in my arms. I wouldn't
stop for all he told me to, and I guess he was glad
nough for the help. That was only a week before
he died. He fell on the kitchen floor while he was
gettin' breakfast. He always got the breakfast and
let Luella lay abed. He did all the sweepin' and the
washin' and the ironin' and most of the cookin'. He
couldn't bear to have Luella lift her finger, and she
let him do for her. She lived like a queen for all the
work she did. She didn't even do her sewin'.
She said it made her shoulder ache to sew, and poor
Erastus's sister Lily used to do all her sewin'. She
wa'n't able to, either; she was never strong in her
back, but she did it beautifully. She had to, to suit
Luella, she was so dreadful particular. I never saw
anythin' like the fagottin' and hemstitchin' that Lily
Miller did for Luella. She made all Luella's weddin'
outfit, and that green silk dress, after Maria Babbit
cut it. Maria she cut it for nothin', and she did a lot
more cuttin' and fittin' for nothin' for Luella, too.
Lily Miller went to live with Luella after Erastus
died. She gave up her home, though she was real at-
tached to it and wa'n't a mite afraid to stay alone.
She rented it and she went to live with Luella right
away after the funeral."

Then this old woman, Lydia Anderson, who remembered Luella Miller, would go on to relate the
story of Lily Miller. It seemed that on the removal

Kutschbock saß, sah er mehr tot aus als lebendig. Einmal hab'
ich es nicht mehr ausgehalten: Ich bin zu ihm hin und hab'
geholfen, ein wenig Holz auf den Karren zu laden – ich hatte
schon immer starke Arme. Obwohl er mich bat, aufzuhören,
hab' ich einfach weitergemacht, und ich glaub', er war recht
froh über die Hilfe. Das war nur eine Woche vor seinem Tod.
Er ist auf dem Küchenfußboden zusammengebrochen, als er
das Frühstück machte. Er hat immer das Frühstück gemacht
und Luella lange schlafen lassen. Alles hat er gemacht, gefegt,
gewaschen, gebügelt und meistens auch gekocht. Er konnte
es nicht ertragen, wenn Luella auch nur einen Finger rühren
musste, und sie ließ ihn. Was die Arbeit anging, hat sie gelebt
wie eine Königin. Sie hat noch nicht mal selbst genäht. Hat be-
hauptet, vom Nähen täte ihr die Schulter weh, deshalb musste
Lily, die Schwester des armen Erastus, alle ihre Näharbeiten
erledigen. Die konnte es eigentlich auch nicht, denn sie hatte
einen schwachen Rücken, aber sie hat es sehr schön gemacht.
Das musste sie schon, um Luella zufriedenzustellen, die fürchterlich penibel war. Noch nie hab' ich Einfassungen und Säume
gesehen wie die von Lily Miller für Luella. Sie hat die ganze
Hochzeitsausstattung für Luella genäht und das grüne Seidenkleid, nachdem Maria Babbit es zugeschnitten hatte. Maria hat
es umsonst gemacht und sie hat auch noch viel mehr für Luella
zugeschnitten und abgesteckt, ohne etwas dafür zu verlangen.
Nach dem Tod von Erastus ist Lily Miller bei Luella eingezogen. Ihr eigenes Haus hat sie aufgegeben, obwohl sie sehr daran hing und kein bisschen Angst vorm Alleinsein hatte. Sie
hat es vermietet und ist gleich nach der Beerdigung zu Luella
gezogen.»

Dann fuhr Lydia Anderson, die alte Frau, die sich an Luella
Miller erinnerte, mit der Geschichte von Lily Miller fort.
Anscheinend hatten die Leute im Dorf erstmals zu reden be-

Lily Miller to the house of her dead brother, to
live with his widow, the village people first began
to talk. This Lily Miller had been hardly past her
first youth, and a most robust and blooming woman,
rosy-cheeked, with curls of strong, black hair over-
shadowing round, candid temples and bright dark
eyes. It was not six months after she had taken up
her residence with her sister-in-law that her rosy
colour faded and her pretty curves became wan hollows. White shadows began to show in the black
rings of her hair, and the light died out of her eyes,
her features sharpened, and there were pathetic lines
at her mouth, which yet wore always an expression
of utter sweetness and even happiness. She was de-
voted to her sister; there was no doubt that she loved
her with her whole heart, and was perfectly content
in her service. It was her sole anxiety lest she should
die and leave her alone.

"The way Lily Miller used to talk about Luella
was enough to make you mad and enough to make
you cry," said Lydia Anderson. "I've been in there
sometimes toward the last when she was too feeble to
cook and carried her some blanc-mange or custard –
somethin' I thought she might relish, and she'd thank
me, and when I asked her how she was, say she felt
better than she did yesterday, and asked me if I didn't
think she looked better, dreadful pitiful, and say poor
Luella had an awful time takin' care of her and doin'
the work – she wa'n't strong enough to do anythin' –
when all the time Luella wa'n't liftin' her finger and
poor Lily didn't get any care except what the neighbours gave her, and Luella eat up everythin' that was

gonnen, als Lily Miller ins Haus ihres verstorbenen Bruders zog, um mit bei seiner Witwe zu leben. Diese Lily Miller war kaum über ihre erste Jugend hinaus und eine kerngesunde Frau, das blühende Leben mit rosigen Backen und langen schwarzen Locken, die über eine runde offene Stirn und glänzend dunkle Augen fielen. Keine sechs Monate, nachdem sie bei ihrer Schwägerin eingezogen war, verblich die rosige Farbe und aus ihren hübschen Rundungen wurden bleiche Höhlen. Im schwarzen Lockenhaar tauchten weiße Schatten auf, das Glänzen verschwand aus ihren Augen, ihr Profil wurde schärfer und tiefe Falten gruben sich um den Mund, auf dem jedoch immer noch ein wunderbar lieblicher und sogar glücklicher Ausdruck lag. Sie opferte sich für ihre Schwägerin auf, es bestand kein Zweifel daran, dass sie diese von ganzem Herzen liebte und vollkommen damit zufrieden war, ihr zu Diensten zu stehen. Ihre einzige Sorge war, dass sie sterben könnte und sie allein lassen müsste.

«Wie Lily Miller über Luella sprach, das war wirklich zum Heulen und Verrücktwerden», sagte Lydia Anderson. «Als es dem Ende zuging und sie zu schwach zum Kochen war, bin ich manchmal rübergegangen und hab' ihr etwas Pudding oder Eierkreme gebracht – hab' gedacht, das würd' ihr schmecken, und sie hat sich bedankt. Und wenn ich gefragt hab', wie es ihr ging, hat sie gesagt, es ginge ihr schon besser als gestern und ob ich nicht fände, dass sie besser aussähe. Es war so entsetzlich jämmerlich, sie meinte, die arme Luella habe es furchtbar schwer, weil sie sich um sie kümmern und die Arbeit machen müsse – sie selber hatte ja nicht mehr die Kraft, irgendetwas zu tun –, dabei rührte Luella die ganze Zeit keinen Finger. Die arme Lily bekam außer von den Nachbarn keinerlei Zuwendung, und alles, was man für Lily brachte, aß Luella auf. Für mich war das ganz klar. Luella saß einfach da,

carried in for Lily. I had it real straight that she did. Luella used to just sit and cry and do nothin'. She did act real fond of Lily, and she pined away considerable, too. There was those that thought she'd go into a decline herself. But after Lily died, her Aunt Abby Mixter came, and then Luella picked up and grew as fat and rosy as ever. But poor Aunt Abby begun to droop just the way Lily had, and I guess somebody wrote to her married daughter, Mrs Sam Abbot, who lived in Barre, for she wrote her mother that she must leave right away and come and make her a visit, but Aunt Abby wouldn't go. I can see her now. She was a real good-lookin' woman, tall and large, with a big, square face and a high forehead that looked of itself kind of benevolent and good. She just tended out on Luella as if she had been a baby, and when her married daughter sent for her she wouldn't stir one inch. She'd always thought a lot of her daughter, too, but she said Luella needed her and her married daughter didn't. Her daughter kept writin' and writin', but it didn't do any good. Finally she came, and when she saw how bad her mother looked, she broke down and cried and all but went on her knees to have her come away. She spoke her mind out to Luella, too. She told her that she'd killed her husband and everybody that had anythin' to do with her, and she'd thank her to leave her mother alone. Luella went into hysterics, and Aunt Abby was so frightened that she called me after her daughter went. Mrs Sam Abbot she went away fairly cryin' out loud in the buggy, the neighbours heard her, and well she might, for she never saw her mother again alive. I went in that night when Aunt Abby

weinte und tat nichts. Sie gab vor, Lily wirklich zu mögen, und wurde selbst immer weniger. Manche glaubten schon, es ginge auch mit ihr dahin, doch nach Lilys Tod kam ihre Tante Abby Mixter. Da erholte sich Luella wieder und wurde so rund und rosig wie immer. Doch der armen Tante Abby erging es genauso wie Lily. Sie wurde immer schwächer, und ich glaube, irgendjemand muss ihre verheiratete Tochter, Mrs. Sam Abbot, die in Barre lebte, benachrichtigt haben, denn diese schrieb ihrer Mutter, dass sie sofort kommen und sie besuchen solle. Tante Abby aber wollte nicht. Ich seh' sie noch vor mir. Sie war eine wirklich gutaussehende Frau, groß und kräftig, mit einem breiten, ebenmäßigen Gesicht und einer hohen Stirn, die allein schon Güte und Wohlwollen ausstrahlte. Sie kümmerte sich um Luella, als sei diese ein Baby, und als ihre verheiratete Tochter nach ihr schickte, hat sie sich nicht einen Zentimeter vom Fleck gerührt. Natürlich hat sie auch ihre Tochter sehr gern gemocht, doch sie sagte, Luella würde sie brauchen und ihre verheiratete Tochter nicht. Ihre Tochter schrieb und schrieb, doch es half nichts. Schließlich kam sie persönlich, und als sie ihre Mutter erblickte, ist sie weinend zusammengebrochen und hat sie nur noch auf Knien angefleht, mit ihr zu kommen. Auch Luella hat sie sich vorgenommen. Sie sagte zu ihr, sie habe ihren Ehemann umgebracht und alle, die irgendwie mit ihr zu tun hatten, und sie wäre ihr sehr dankbar, wenn sie ihre Mutter in Ruhe lassen würde. Luella bekam einen hysterischen Anfall und erschreckte Tante Abby so sehr, dass diese nach mir rief, sobald ihre Tochter abgereist war. Mrs. Sam Abbot fuhr weinend in der Kutsche davon, ziemlich laut, denn die Nachbarn konnten sie hören, und sie hatte auch allen Grund dazu, denn sie sollte ihre Mutter nicht mehr lebend wiedersehen. Ich bin hingegangen an jenem Abend, als Tante Abby mit ihrem klei-

called for me, standin' in the door with her little
green-checked shawl over her head. I can see her now.
'Do come over here, Miss Anderson,' she sung out,
kind of gasping for breath. I didn't stop for anythin'.
I put over as fast as I could, and when I got there,
there was Luella laughin' and cryin' all together, and
Aunt Abby trying to hush her, and all the time she
herself was white as a sheet and shakin' so she could
hardly stand. 'For the land sakes, Mrs Mixter,' says
I, 'you look worse than she does. You ain't fit to be
up out of your bed.'

'Oh, there ain't anythin' the matter with me,'
says she. Then she went on talkin' to Luella. 'There,
there, don't, don't, poor little lamb,' says she. 'Aunt
Abby is here. She ain't goin' away and leave you.
Don't, poor little lamb.'

"'Do leave her with me, Mrs Mixter, and you get
back to bed,' says I, for Aunt Abby had been layin'
down considerable lately, though somehow she con-
trived to do the work.

"'I'm well enough,' says she. Don't you think she
had better have the doctor, Miss Anderson?'

"'The doctor,' says I, 'I think *you* had better have
the doctor. I think you need him much worse than
some folks I could mention.' And I looked right
straight at Luella Miller laughin' and cryin' and goin'
on as if she was the centre of all creation. All the
time she was actin' so – seemed as if she was too
sick to sense anythin' – she was keepin' a sharp look-
out as to how we took it out of the corner of one eye.
I see her. You could never cheat me about Luella
Miller. Finally I got real mad and I run home and I

162

nen, grünkarierten Tuch über dem Kopf in der Tür stand und nach mir rief. Ich seh' sie noch vor mir. ‹Kommen Sie, Miss Anderson›, hat sie laut gerufen, und sie schien nach Luft zu ringen. Ich hab' alles stehen und liegen lassen und bin so schnell ich konnte rüber. Und da war Luella, die gleichzeitig lachte und weinte, während Tante Abby sie zu beruhigen versuchte, dabei selbst aber weiß wie ein Laken war und so sehr zitterte, dass sie sich kaum noch auf den Beinen halten konnte. ‹Um Himmels willen, Mrs. Mixter›, sag' ich, ‹Sie sehen ja schlimmer aus als sie. Sie sollten eigentlich im Bett liegen›.

‹Oh, mit mir ist alles in Ordnung›, hat sie gesagt, und dann hat sie weiter auf Luella eingeredet. ‹Komm, komm, ruhig, ruhig, mein armes Lämmchen. Tante Abby ist ja da. Sie geht nicht weg und lässt dich allein. Nur ruhig, mein armes Lämmchen›.

‹Überlassen Sie sie mir, Mrs. Mixter, und gehen Sie wieder ins Bett›, sag' ich, denn Tante Abby hatte in letzter Zeit viel gelegen, obwohl sie es irgendwie immer noch schaffte, die Arbeit zu erledigen.

‹Mir geht es ganz gut›, hat sie erwidert. ‹Meinen Sie nicht, dass wir lieber den Doktor für sie holen sollten, Miss Anderson?›

‹Den Doktor›, sag' ich, ‹den sollten wir lieber für Sie holen. Ich glaube, Sie brauchen ihn dringender als andere Menschen, die mir so einfallen.› Und ich blickte geradewegs auf Luella Miller, die lachte und heulte und so tat, als sei sie der Mittelpunkt der Schöpfung. Doch während sie sich so aufführte und den Eindruck erweckte, sie sei zu krank, um irgendetwas zu bemerken, achtete sie aus den Augenwinkeln die ganze Zeit sehr genau darauf, wie wir reagierten. Ich kenne sie. Über Luella Miller kann mir keiner was vormachen. Schließlich wurde ich wirklich böse und lief nach Hause, um ein Fläsch-

got a bottle of valerian I had, and I poured some boilin' hot water on a handful of catnip, and I mixed up that catnip tea with most half a wineglass of valerian, and I went with it over to Luella's. I marched right up to Luella, a-holdin' out of that cup, all smokin'. 'Now,' says I, 'Luella Miller, *you swaller this*!'

"'What is – what is it, oh, what is it?' she sort of screeches out. Then she goes off a-laughin' enough to kill.

"'Poor lamb, poor little lamb,' says Aunt Abby, standin' over her, all kind of tottery, and tryin' to bathe her head with camphor.

"'*You swaller this right down*,' says I. And I didn't waste any ceremony. I just took hold of Luella Miller's chin and I tipped her head back, and I caught her mouth open with laughin' and I clapped that cup to her lips, and I fairly hollered at her: 'Swaller, swaller, swaller!' and she gulped it right down. She had to, and I guess it did her good. Anyhow, she stopped cryin' and laughin' and let me put her to bed, and she went to sleep like a baby inside of half an hour. That was more than poor Aunt Abby did. She lay awake all that night and I stayed with her, though she tried not to have me; said she wa'n't sick enough for watchers. But I stayed, and I made some good cornmeal gruel and I fed her a teaspoon every little while all night long. It seemed to me as if she was jest dyin' from bein' all wore out. In the mornin' as soon as it was light I run over to the Bisbees and sent Johnny Bisbee for the doctor. I told him to tell the doctor to hurry, and

chen Baldrian zu holen. Ich goss kochendes Wasser auf eine Handvoll Katzenminze, vermischte diesen Tee mit fast einem halben Weinglas Baldrian und ging damit zu Luella hinüber. Ich marschierte direkt zu ihr und hielt ihr die dampfende Tasse hin. ‹So›, sag' ich, ‹Luella Miller, *das schlucken Sie jetzt!*›

‹Was ist … was ist das, oh, was ist das?›, hat sie mehr oder weniger gekreischt. Und dann hat sie wieder losgelacht, hat sich fast totgelacht.

‹Armes Lämmchen, armes kleines Lämmchen›, hat Tante Abby gesagt und sich, ganz wackelig auf den Beinen, über sie gebeugt, um ihr die Stirn mit Kampfer zu kühlen.

‹*Sie schlucken das jetzt auf der Stelle*›, sag' ich und hab' mich nicht lange geziert. Ich hab' einfach Luella Millers Kinn gepackt, ihren Kopf zurückgebogen, abgepasst, wie der Mund sich zum Lachen öffnet, ihr die Tasse an die Lippen gedrückt und sie richtig angeschrien: ‹Schlucken, schlucken, schlucken!› Und sie hat es hinuntergestürzt. Es blieb ihr gar nichts anderes übrig, und ich glaub', es hat ihr gut getan. Zumindest hat sie aufgehört zu heulen und zu lachen und sich von mir ins Bett bringen lassen, und da ist sie innerhalb einer halben Stunde wie ein Baby eingeschlafen. Was man von der armen Tante Abby nicht behaupten kann. Sie lag die ganze Nacht wach, und ich bin bei ihr geblieben, obwohl sie versucht hat, mich loszuwerden, und gesagt hat, sie wär' nicht so krank, dass man bei ihr sitzen müsse. Doch ich bin geblieben und hab' ihr einen guten Brei aus Maismehl gemacht, den ich ihr die ganze Nacht über teelöffelweise einflößte. Mir kam es so vor, als würde sie vor Erschöpfung sterben. Am Morgen lief ich beim ersten Tageslicht zu den Bisbees und schickte Johnny Bisbee nach dem Doktor. Ich sagte ihm, er solle den Doktor zur Eile mahnen, und der kam auch recht schnell. Bis er da

he come pretty quick. Poor Aunt Abby didn't seem to know much of anythin' when he got there. You couldn't hardly tell she breathed, she was so used up. When the doctor had gone, Luella came into the room lookin' like a baby in her ruffled night-gown. I can see her now. Her eyes were as blue and her face all pink and white like a blossom, and she looked at Aunt Abby in the bed sort of innocent and surprised. 'Why,' says she, 'Aunt Abby ain't got up yet?'

"'No, she ain't,' says I, pretty short.

"'I thought I didn't smell the coffee,' says Luella.

"'Coffee,' says I. 'I guess if you have coffee this mornin' you'll make it yourself.'

"'I never made the coffee in all my life,' says she, dreadful astonished. 'Erastus always made the coffee as long as he lived, and then Lily she made it, and then Aunt Abby made it. I don't believe I can make the coffee, Miss Anderson.'

"'You can make it or go without, jest as you please,' says I.

"'Ain't Aunt Abby goin' to get up?' says she.

"'I guess she won't get up,' says I, 'sick as she is.' I was gettin' madder and madder. There was some-thin' about that little pink-and-white thing standin' there and talkin' about coffee, when she had killed so many better folks than she was, and had jest killed another, that made me feel 'most as if I wished somebody would up and kill her before she had a chance to do any more harm.

"'Is Aunt Abby sick?' says Luella, as if she was sort of aggrieved and injured.

war, schien die arme Tante Abby von allem nicht mehr viel mitzukriegen. Man hat sie kaum noch atmen sehen, so fertig war sie. Als der Doktor wieder fort war, ist Luella ins Zimmer gekommen, die in ihrem Rüschennachthemd wie ein Baby aussah. Ich sehe sie noch vor mir, mit ihren blauen Augen und dem Gesicht, das so rosig und weiß wie eine Blüte war. Als sie Tante Abby im Bett sah, hat sie ganz unschuldig und überrascht getan. ‹Was?›, hat sie gesagt. ‹Ist Tante Abby noch nicht aufgestanden?›

‹Nein, ist sie nicht›, sag' ich kurz angebunden.

‹Ich hab' mir schon gedacht, dass ich keinen Kaffee rieche›, sagte Luella.

‹Kaffee›, sag' ich. ‹Wenn Sie heute morgen Kaffee wollen, müssen Sie ihn wohl selbst machen.›

‹Ich habe mein Leben lang noch nie den Kaffee gekocht›, sagte sie ganz fürchterlich erstaunt. ‹So lang er gelebt hat, hat Erastus immer den Kaffee gemacht, und dann hat ihn Lily gemacht und dann Tante Abby. Ich glaube, ich *kann* gar keinen Kaffee machen, Miss Anderson.›

‹Entweder Sie machen ihn, oder Sie kommen ohne zurecht, ganz wie Sie wollen.›

‹Steht Tante Abby denn nicht auf?›

‹Ich glaub' nicht, dass sie aufsteht, so krank wie sie ist›, sag' ich. Ich bin immer wütender geworden. Etwas an diesem kleinen, rosig-weißen Ding, das dort stand und über Kaffee redete, während sie so viele Menschen umgebracht hatte, die besser waren als sie, und gerade wieder eine auf dem Gewissen hatte, weckte in mir beinahe den Wunsch, es möge irgendjemand kommen und sie ermorden, bevor sie noch mehr Unheil anrichten konnte.

‹Ist Tante Abby krank?›, fragt Luella fast ein wenig bedrückt und verletzt.

"'Yes,' says I, 'she's sick, and she's goin' to die, and then you'll be left alone, and you'll have to do for yourself and wait on yourself, or do without things.' I don't know but I was sort of hard, but it was the truth, and if I was any harder than Luella Miller had been I'll give up. I ain't never been sorry that I said it. Well, Luella, she up and had hysterics again at that, and I jest let her have 'em. All I did was to bundle her into the room on the other side of the entry where Aunt Abby couldn't hear her, if she wa'n't past it – I don't know but she was – and set her down hard in a chair and told her not to come back into the other room, and she minded. She had her hysterics in there till she got tired. When she found out that nobody was comin' to coddle her and do for her she stopped. At least I supposed she did. I had all I could do with poor Aunt Abby tryin' to keep the breath of life in her. The doctor had told me that she was dreadful low, and give me some very strong medicine to give to her in drops real often, and told me real particular about the nourishment. Well, I did as he told me real faithful till she wa'n't able to swaller any longer. Then I had her daughter sent for. I had begun to realize that she wouldn't last any time at all. I hadn't realized it before, though I spoke to Luella the way I did. The doctor he came, and Mrs Sam Abbot, but when she got there it was too late; her mother was dead. Aunt Abby's daughter just give one look at her mother layin' there, then she turned sort of sharp and sudden and looked at me.

‹Ja›, sag' ich, ‹sie ist krank, und sie wird sterben, und dann werden Sie niemanden mehr haben und alles allein machen und sich selbst bedienen müssen oder ohne alles auskommen.› Kann schon sein, dass ich ein wenig hart war, aber es war die Wahrheit, und ich will nicht mehr leben, wenn ich härter gewesen bin als Luella Miller. Ich hab' nie bereut, dass ich es gesagt habe. Nun, Luella hat daraufhin wieder mit ihren hysterischen Anfällen losgelegt, aber ich hab' mich nicht weiter drum gekümmert. Ich hab' sie einfach nur in das Zimmer auf der anderen Seite der Haustür geschoben, wo Tante Abby sie nicht hören konnte, wenn sie nicht ohnehin schon darüber hinaus war – ich wusste es noch nicht, doch sie war es. Dann hab' ich sie ganz energisch in einen Sessel gedrückt und gesagt, sie dürfe nicht ins andere Zimmer zurückkommen, und sie hat gehorcht. Dort hat sie mit ihrer Hysterie weiter gemacht, bis sie müde wurde. Als ihr klar war, dass niemand kommen würde, um sie zu verhätscheln und zu umsorgen, hat sie aufgehört. Das glaubte ich zumindest, denn ich hatte alle Hände voll damit zu tun, die Flamme des Lebens in Tante Abby am Brennen zu halten. Der Doktor hatte zu mir gesagt, dass es schrecklich schlecht um sie steht, und mir eine sehr starke Medizin dagelassen, die ich ihr regelmäßig tropfenweise verabreichen sollte. Außerdem sollte ich besonders auf ihre Ernährung achten. Nun, ich hab' alle Anweisungen wirklich gewissenhaft befolgt, bis sie nicht mehr in der Lage war zu schlucken. Dann hab' ich nach ihrer Tochter schicken lassen. Allmählich ist mir klargeworden, dass es nicht mehr sehr lange mit ihr gehen würde. Obwohl ich Luella gegenüber so getan hatte, war mir das anfangs nicht bewusst gewesen. Der Doktor kam und auch Mrs. Sam Abbot, doch als sie eintraf, war es schon zu spät, ihre Mutter war tot. Tante Abbys Tochter hat nur einen Blick auf ihre Mutter geworfen, wie sie da lag. Dann hat sie sich mit einem plötzlichen Ruck umgedreht und mich angeschaut.

"'Where is she?' says she, and I knew she meant Luella.

"'She's out in the kitchen,' says I. 'She's too nervous to see folks die. She's afraid it will make her sick.'

"The Doctor he speaks up then. He was a young man. Old Doctor Park had died the year before, and this was a young fellow just out of college. 'Mrs Miller is not strong,' says he, kind of severe, 'and she is quite right in not agitating herself.'

"'You are another, young man; she's got her pretty claw on you,' thinks I, but I didn't say anythin' to him. I just said over to Mrs Sam Abbot that Luella was in the kitchen, and Mrs Sam Abbot she went out there, and I went, too, and I never heard anythin' like the way she talked to Luella Miller. I felt pretty hard to Luella myself, but this was more than I ever would have dared to say. Luella she was too scared to go into hysterics. She jest flopped. She seemed to jest shrink away to nothin' in that kitchen chair, with Mrs Sam Abbot standin' over her and talkin' and tellin' her the truth. I guess the truth was most too much for her and no mistake, because Luella presently actually did faint away, and there wa'n't any sham about it, the way I always suspected there was about them hysterics. She fainted dead away and we had to lay her flat on the floor, and the Doctor he came runnin' out and he said somethin' about a weak heart dreadful fierce to Mrs Sam Abbot, but she wa'n't a mite scared. She faced him jest as white as even Luella was layin' there lookin' like death and the Doctor feelin' of her pulse.

170

‹Wo ist sie?›, hat sie gesagt, und ich wusste, dass sie Luella meinte.

‹Draußen in der Küche›, sag' ich. ‹Sie ist zu nervös, um Sterbende zu sehen. Sie hat Angst, es könnte sie krank machen.›

Dann hat der Doktor gesprochen. Er war ein junger Mann. Der alte Doktor Park war im Vorjahr gestorben, und dieser junge Bursche kam frisch vom College. ‹Mrs. Miller ist nicht sehr robust›, sagte er irgendwie streng, ‹und tut sehr gut daran, sich nicht beunruhigen zu lassen.›

‹Dich also auch, junger Mann›, hab' ich gedacht. ‹Hat sie dich auch in ihre hübschen Klauen bekommen.› Doch gesagt hab' ich nichts zu ihm. Ich hab' einfach nur zu Mrs. Sam Abbot gesagt, dass Luella in der Küche ist. Mrs. Sam Abbot ist dorthin gegangen und ich auch. Nie zuvor hab' ich jemanden so reden gehört, wie sie mit Luella Miller. Ich hatte selbst schon das Gefühl, recht hart zu Luella Miller zu sein, doch dies war mehr, als ich mich jemals zu sagen getraut hätte. Luella bekam viel zu viel Angst, um hysterisch zu werden. Sie ist nur ein wenig auf ihrem Küchenstuhl herumgerutscht, während Mrs. Sam Abbot über ihr stand und redete und ihr ganz offen die Meinung sagte. Immer mehr ist sie in sich zusammengesunken. Ich glaub', die Wahrheit war mehr als zu viel für sie, ganz sicher, denn Luella sank auf der Stelle in Ohnmacht, und das war kein Theater, wie ich es immer bei den hysterischen Anfällen vermutet hab'. Sie lag in tiefer Bewusstlosigkeit, und wir mussten sie auf dem Boden ausstrecken. Dann kam der Doktor herbeigerannt und hat fürchterlich zürnend zu Mrs. Sam Abbot etwas über ein schwaches Herz gesagt, aber die ließ sich nicht eine Minute einschüchtern. Genauso weiß wie Luella, die totenblass am Boden lag und vom Doktor den Puls gefühlt bekam, bot sie ihm die Stirn.

"'Weak heart,' says she, 'weak heart; weak fiddle-sticks! There ain't nothin' weak about that woman. She's got strength enough to hang onto other folks till she kills 'em. Weak? It was my poor mother that was weak: this woman killed her as sure as if she had taken a knife to her.'

"But the Doctor he didn't pay much attention. He was bendin' over Luella layin' there with her yellow hair all streamin' and her pretty pink-and-white face all pale, and her blue eyes like stars gone out, and he was holdin' onto her hand and smoothin' her forehead, and tellin' me to get the brandy in Aunt Abby's room, and I was sure as I wanted to be that Luella had got somebody else to hang onto, now Aunt Abby was gone, and I thought of poor Erastus Miller, and I sort of pitied the poor young Doctor, led away by a pretty face, and I made up my mind I'd see what I could do.

"I waited till Aunt Abby had been dead and buried about a month, and the Doctor was goin' to see Luella steady and folks were beginnin' to talk; then one evenin', when I knew the Doctor had been called out of town and wouldn't be round, I went over to Luella's. I found her all dressed up in a blue muslin with white polka dots on it, and her hair curled jest as pretty, and there wa'n't a young girl in the place could compare with her. There was somethin' about Luella Miller seemed to draw the heart right out of you, but she didn't draw it out of *me*. She was settin' rocking in the chair by her sittin'-room win-dow, and Maria Brown had gone home. Maria Brown had been in to help her, or rather to do the work,

172

‹Ein schwaches Herz›, sagt sie, ‹schwaches Herz – schwacher Quatsch! An der Frau ist nichts Schwaches dran. Die hat Kraft genug, sich an andere Menschen zu klammern, bis sie sie umgebracht hat. Schwach? Meine arme Mutter, die war schwach. Diese Frau hier hat sie ermordet, so sicher, als hätte sie es mit einem Messer getan.›

Doch der Doktor hat kaum auf sie gehört. Er stand über Luella gebeugt, die da lag mit ihrem fließenden blonden Haar, das hübsche, rosa-weiße Gesicht ganz blass und die sternengleichen blauen Augen verloschen. Er hat ihr die Hand gehalten, ihr über die Stirn gestrichen und mich aufgefordert, den Brandy aus Tante Abbys Zimmer zu holen. Ich war mir so sicher, wie ich nur sein konnte, dass Luella jetzt, wo Tante Abby nicht mehr war, wieder jemanden gefunden hatte, an den sie sich klammern konnte. Ich musste an den armen Erastus Miller denken. Irgendwie tat mir der junge Doktor leid, der sich von einem hübschen Gesicht verführen ließ, und ich beschloss, etwas zu unternehmen.

Nachdem Tante Abby tot und begraben war, hab' ich ungefähr einen Monat lang gewartet. Der Doktor ging regelmäßig bei Luella aus und ein, und die Leute begannen zu reden. Eines Abends dann, als ich wusste, dass man den Doktor aus der Stadt gerufen hatte und er nicht in der Nähe sein würde, ging ich zu Luella hinüber. Sie hatte sich herausgeputzt, trug ein blaues Musselinkleid mit weißen Tupfen und das Haar zu hübschen Locken gesteckt. Es gab im Dorf kein junges Mädchen, das sich mit ihr hätte vergleichen können. Luella Miller hatte etwas, das alle Herzen im Sturm eroberte, aber *meins* hat sie nicht erobert. Sie hat schaukelnd im Stuhl an ihrem Wohnzimmerfenster gesessen, und Maria Brown war bereits heimgegangen. Maria Brown war dagewesen, um ihr zu helfen, oder besser, um die Arbeit zu machen, denn von helfen

for Luella wa'n't helped when she didn't do anythin'. Maria Brown was real capable and she didn't
have any ties; she wa'n't married, and lived alone,
so she'd offered. I couldn't see why she should do
the work any more than Luella; she wa'n't any too
strong; but she seemed to think she could and Luella
seemed to think so, too, so she went over and did
all the work – washed, and ironed, and baked, while
Luella sat and rocked. Maria didn't live long afterward. She began to fade away just the same fashion
the others had. Well, she was warned, but she acted
real mad when folks said anythin': said Luella was a
poor, abused woman, too delicate to help herself, and
they'd ought to be ashamed, and if she died helpin'
them that couldn't help themselves she would – and
she did.

"'I s'pose Maria has gone home,' says I to Luella,
when I had gone in and sat down opposite her.

"'Yes, Maria went half an hour ago, after she had
got supper and washed the dishes,' says Luella, in
her pretty way.

"'I suppose she has got a lot of work to do in
her own house tonight,' says I, kind of bitter, but
that was all thrown away on Luella Miller. It seemed
to her right that other folks that wa'n't any better
able than she was herself should wait on her, and
she couldn't get it through her head that anybody
should think it wa'n't right.

"'Yes,' says Luella, real sweet and pretty, 'yes,
she said she had to do her washin' tonight. She
has let it go for a fortnight along of comin' over
here.'

konnte bei Luella ja keine Rede sein, da sie selbst gar nichts tat. Maria Brown war sehr tüchtig und völlig ungebunden; sie war unverheiratet und lebte allein, deshalb hatte sie sich angeboten. Mir war unbegreiflich, warum sie die Arbeit eher als Luella verrichten sollte, denn sie war nicht besonders kräftig. Doch sie schien zu glauben, dass sie es konnte, und Luella schien es auch zu glauben, deshalb ist sie hingegangen und hat alle Arbeit erledigt – gewaschen, gebügelt und gebacken, während Luella in ihrem Schaukelstuhl saß. Maria hat danach nicht mehr lange gelebt. Genau wie die anderen begann sie immer weniger zu werden. Gut, man hatte sie gewarnt, doch sie wurde wirklich böse, wenn die Leute irgendwas sagten. Luella sei eine arme, missverstandene Frau, hat sie gesagt, zu schwach, um sich selbst zu helfen, und sie sollten sich schämen. Sie wolle denen, die sich nicht selbst helfen könnten, beistehen, und wenn sie dabei stürbe – und gestorben ist sie.

‹Maria ist wohl schon heimgegangen›, sag' ich zu Luella, nachdem ich eingetreten war und ihr gegenüber Platz genommen hatte.

‹Ja, Maria ist vor einer halben Stunde gegangen. Sie hat noch das Essen gemacht und gespült›, sagt Luella auf ihre einnehmende Art.

‹Sicher hat sie heute Abend noch viel bei sich zuhause zu tun›, sag' ich mit bitterem Unterton, doch an Luella Miller war das verschwendet. Sie schien nichts dabei zu finden, dass andere Menschen, die es auch nicht besser konnten als sie selbst, sie bedienten, und es kam ihr einfach nicht in den Sinn, dass irgendjemand das anders sehen könnte.

‹Ja›, sagt Luella ganz lieb und nett, ‹ja, sie hat gesagt, dass sie heute Abend noch ihre Wäsche machen muss. Sie hat sie schon seit vierzehn Tagen liegen, weil sie immer hierher gekommen ist.›

"'Why don't she stay home and do her washin' instead of comin' over here and doin' your work, when you are just as well able, and enough sight more so, than she is to do it?' says I.

"Then Luella she looked at me like a baby who has a rattle shook at it. She sort of laughed as innocent as you please. 'Oh, I can't do the work myself, Miss Anderson,' says she. 'I never did. Maria has to do it.'

"Then I spoke out: 'Has to do it!' says I. 'Has to do it!' She don't have to do it, either. Maria Brown has her own house and enough to live on. She ain't beholden to you to come over here and slave for you and kill herself.'

"Luella she jest set and stared at me for all the world like a doll-baby that was so abused that it was comin' to life.

"'Yes,' says I, 'she's killin' herself. She's goin' to die just the way Erastus did, and Lily, and your Aunt Abby. You're killin' her jest as you did them. I don't know what there is about you, but you seem to bring a curse,' says I. 'You kill everybody that is fool enough to care anythin' about you and do for you.'

"She stared at me and she was pretty pale.

"'And Maria ain't the only one you're goin' to kill,' says I. 'You're goin' to kill Doctor Malcom before you're done with him.'

"Then a red colour came flamin' all over her face. 'I ain't goin' to kill him, either,' says she, and she begun to cry.

"'Yes, you *be*!' says I. Then I spoke as I had never spoke before. You see, I felt it on account of Erastus. I told her that she hadn't any business to think of

‹Warum bleibt sie nicht zu Hause und kümmert sich um ihre Wäsche, statt hierher zu kommen und *Ihre* Arbeit zu machen?›, sag' ich. ‹Sind Sie nicht genauso dazu in der Lage und das bei weitem besser als sie?›

Luella hat mich angeguckt wie ein Baby, dem man eine Rassel hinhält. Irgendwie hat sie ganz unschuldig gelacht. ‹Oh, ich kann die Arbeit nicht selbst machen, Miss Anderson›, sagt sie. ‹Das habe ich noch nie gemacht. Maria *muss* es tun.›

Da hab' ich es ihr klar und deutlich gesagt: ‹Muss es tun!›, sag' ich, ‹muss es tun! Sie muss es keinesfalls tun. Maria Brown hat ihr eigenes Haus und genug, um davon zu leben. Sie ist nicht verpflichtet, hierher zu kommen und für Sie zu schuften und sich dabei umzubringen.›

Luella saß einfach da und hat mich angestarrt, als ob sie ein Puppenbaby wär', dem man so übel mitspielt, dass es lebendig wird.

‹Ja›, sag' ich, ‹sie bringt sich um. Sie wird genauso sterben, wie Erastus gestorben ist, und Lily und Ihre Tante Abby. Sie werden sie genauso ermorden wie diese. Ich weiß nicht, was das an Ihnen ist, aber Sie scheinen Unheil zu bringen›, sag' ich. ‹Sie töten jeden, der dumm genug ist, sich etwas aus Ihnen zu machen oder etwas für Sie zu tun.›

Sie hat mich angestarrt und ist ziemlich blass geworden.

‹Und Maria ist nicht die einzige, die Sie umbringen werden›, sag' ich, ‹Doktor Malcom werden Sie auch töten, bevor Sie mit ihm fertig sind.›

Da wurde sie puterrot im Gesicht. ‹Ich werde ihn keinesfalls umbringen›, sagt sie und beginnt zu heulen.

‹Doch, das *werden* Sie!›, sag' ich. Und dann hab' ich geredet wie niemals zuvor. Wissen Sie, es war wegen Erastus. Ich hab' ihr gesagt, dass sie kein Recht dazu hat, an einen

another man after she'd been married to one that
had died for her: that she was a dreadful woman;
and she was, that's true enough, but sometimes I
have wondered lately if she knew it – if she wa'n't
like a baby with scissors in its hand cuttin' everybody without knowin' what it was doin'.

"Luella she kept gettin' paler and paler, and she
never took her eyes off my face. There was somethin' awful about the way she looked at me and
never spoke one word. After awhile I quit talkin'
and I went home. I watched that night, but her lamp
went out before nine o'clock, and when Doctor Malcom came drivin' past and sort of slowed up he see
there wa'n't any light and he drove along. I saw her
sort of shy out of meetin' the next Sunday, too, so
he shouldn't go home with her, and I begun to think
mebbe she did have some conscience after all. It was
only a week after that that Maria Brown died – sort
of sudden at the last, though everybody had seen
it was comin'. Well, then there was a good deal of
feelin' and pretty dark whispers. Folks said the days
of witchcraft had come again, and they were pretty
shy of Luella. She acted sort of offish to the Doctor
and he didn't go there, and there wa'n't anybody to
do anythin' for her. I don't know how she *did* get
along. I wouldn't go in there and offer to help her –
not because I was afraid of dyin' like the rest, but
I thought she was just as well able to do her own
work as I was to do it for her, and I thought it was
about time that she did it and stopped killin' other
folks. But it wa'n't very long before folks began to
say that Luella herself was goin' into a decline jest

anderen Mann zu denken, wo sie doch mit einem verheiratet war, der für sie gestorben ist, und dass sie eine fürchterliche Frau ist. Und das war sie, ganz bestimmt, aber in letzter Zeit hab' ich mich manchmal gefragt, ob ihr das selbst klar war, ob sie nicht wie ein Baby mit einer Schere in der Hand war, das jeden schneidet, ohne zu wissen, was es tut.

Luella wurde blasser und blasser und hat mich die ganze Zeit angestarrt. Das war irgendwie schrecklich, wie sie mich angeschaut hat, ohne ein einziges Wort zu sagen. Nach einer Weile hab' ich aufgehört zu reden und bin heimgegangen. In der Nacht hab' ich gewacht, doch ihr Licht ist vor neun ausgegangen, und als Doktor Malcom vorbeigefahren kam und das Tempo verlangsamte, hat er gesehen, dass kein Licht mehr brannte und ist weitergefahren. Auch am nächsten Sonntag hab' ich beobachtet, dass sie ihm aus dem Weg ging, damit er sie nicht heimbegleitet, und ich hab' schon gedacht, dass sie vielleicht doch noch ein Gewissen hat. Nur eine Woche später ist dann Maria Brown gestorben – plötzlich doch noch unerwartet, obwohl alle es vorhergesehen hatten. Tja, und dann gab es ziemlich viel böses Blut und finsteres Geraune. Die Leute sagten, die Zeit der Hexen sei wieder da, und waren Luella gegenüber sehr misstrauisch. Zum Doktor war sie recht abweisend, und er besuchte sie nicht mehr. Es gab auch niemanden mehr, der irgendetwas für sie tat. Ich weiß nicht, wie sie fertig geworden ist. Ich wollte nicht hin und ihr meine Hilfe anbieten, nicht weil ich Angst davor gehabt hätte, wie die anderen zu sterben, sondern weil ich der Meinung war, dass sie sich genauso gut um ihre Arbeit kümmern konnte wie ich, und ich dachte, es sei an der Zeit, dass sie das lernte und aufhörte andere umzubringen. Doch es dauerte nicht lange und die Leute begannen sich zu erzählen, dass Luella immer mehr verfiel, genauso wie damals ihr Mann, Lily,

the way her husband, and Lily, and Aunt Abby and the others had, and I saw myself that she looked pretty bad. I used to see her goin' past from the store with a bundle as if she could hardly crawl, but I remembered how Erastus used to wait and 'tend when he couldn't hardly put one foot before the other, and I didn't go out to help her.

"But at last one afternoon I saw the Doctor come drivin' up like mad with his medicine chest, and Mrs Babbit came in after supper and said that Luella was real sick.

"'I'd offer to go in and nurse her,' says she, 'but I've got my children to consider, and mebbe it ain't true what they say, but it's queer how many folks that have done for her have died.'

"I didn't say anythin', but I considered how she had been Erastus's wife and how he had set his eyes by her, and I made up my mind to go in the next mornin', unless she was better, and see what I could do; but the next mornin' I see her at the window, and pretty soon she came steppin' out as spry as you please, and a little while afterward Mrs Babbit came in and told me that the Doctor had got a girl from out of town, a Sarah Jones, to come there, and she said she was pretty sure that the Doctor was goin' to marry Luella.

"I saw him kiss her in the door that night myself, and I knew it was true. The woman came that afternoon, and the way she flew around was a caution. I don't believe Luella had swept since Maria died. She swept and dusted, and washed and ironed; wet clothes and dusters and carpets were flyin' over

Tante Abby und die anderen. Ich merkte selbst, dass sie ziemlich schlecht aussah. Oft sah ich sie auf dem Rückweg vom Laden vorbeikommen, so schwer beladen, dass sie sich kaum vorwärts schleppen konnte, doch ich musste daran denken, wie Erastus sie immer bedient und umsorgt hatte, obwohl er selbst kaum noch einen Fuß vor den anderen setzen konnte, und bin nicht rausgegangen, um ihr zu helfen.

Eines Nachmittags sah ich schließlich doch noch den Doktor wie einen Verrückten mit seinem Medizinkoffer vorfahren, und nach dem Abendessen kam Mrs. Babbit vorbei und erzählte, Luella sei wirklich krank.

‹Ich würde mich ja anbieten, hinzugehen und sie zu pflegen›, sagt sie, ‹doch ich muss an meine Kinder denken. Vielleicht ist ja nichts dran an dem, was sie sagen, aber es ist doch seltsam, dass so viele Menschen, die für sie gesorgt haben, gestorben sind.›

Ich hab' nichts gesagt, aber überlegt, dass sie die Frau von Erastus war und wie er sie gesehen haben muss, und da hab' ich beschlossen, am nächsten Morgen zu ihr zu gehen, falls es ihr nicht besser ginge, um nachzuschauen, was ich tun könnte. Doch am nächsten Morgen erblickte ich sie am Fenster, und schon bald trat sie ganz putzmunter aus ihrem Haus. Wenig später kam Mrs. Babbit vorbei und erzählte mir, dass der Doktor ein Mädchen von außerhalb der Stadt gefunden hatte, eine Sarah Jones, die kommen sollte. Außerdem war sie sich ziemlich sicher, dass der Doktor Luella heiraten würde.

Am selben Abend hab' ich dann mit eigenen Augen gesehen, wie er sie in der Tür küsste, und da wusste ich, dass es stimmte. Die Frau kam noch am selben Nachmittag, und es war schon unheimlich, wie sie herumwirbelte. Ich glaub' nicht, dass Luella seit Marias Tod einmal gefegt hatte. Diese Frau hat gefegt und abgestaubt, gewaschen und gebügelt, den ganzen Tag sah man

there all day, and every time Luella set her foot out when the Doctor wa'n't there there was that Sarah Jones helpin' of her up and down the steps, as if she hadn't learned to walk.

"Well, everybody knew that Luella and the Doctor were goin' to be married, but it wa'n't long before they began to talk about his lookin' so poorly, jest as they had about the others; and they talked about Sarah Jones, too.

"Well, the Doctor did die, and he wanted to be married first, so as to leave what little he had to Luella, but he died before the minister could get there, and Sarah Jones died a week afterward.

"Well, that wound up everything for Luella Miller. Not another soul in the whole town would lift a finger for her. There got to be a sort of panic. Then she began to droop in good earnest. She used to have to go to the store herself, for Mrs Babbit was afraid to let Tommy go for her, and I've seen her goin' past and stoppin' every two or three steps to rest. Well, I stood it as long as I could, but one day I see her comin' with her arms full and stoppin' to lean against the Babbit fence, and I run out and took her bundles and carried them to her house. Then I went home and never spoke one word to her though she called after me dreadful kind of pitiful. Well, that night I was taken sick with a chill, and I was sick as I wanted to be for two weeks. Mrs Babbit had seen me run out to help Luella and she come in and told me I was goin' to die on account of it. I didn't know whether I was or not, but I considered I had done right by Erastus's wife.

nasse Wäsche, Staubwedel und Teppiche fliegen, und jedesmal, wenn Luella in Abwesenheit des Doktors einen Fuß vor die Tür setzte, kam Sarah Jones herbei, um ihr die Treppe hinauf oder herunter zu helfen, als hätte sie nie laufen gelernt.

Nun, alle wussten, dass Luella und der Doktor heiraten würden, doch es dauerte nicht lange, und man erzählte sich, wie schlecht er aussähe, genauso, wie sie damals über die anderen geredet hatten, und über Sarah Jones haben sie auch geredet.

Tja, der Doktor ist gestorben, aber erst hat er noch heiraten wollen, damit er das Wenige, was er besaß, Luella vermachen konnte. Doch er verschied, bevor der Pfarrer eintraf, und Sarah Jones starb eine Woche später.

Nun, das war es dann für Luella Miller. Nicht ein Mensch in der ganzen Stadt wollte noch einen Finger für sie rühren. Eine Art Panik ging um. Und dann begann sie wirklich dahinzusiechen. Sie musste immer allein zum Einkaufen gehen, denn Mrs. Babbit hatte Angst, ihren Tommy für sie gehen zu lassen, und ich hab' sie vorbeikommen und alle zwei oder drei Schritte stehenbleiben sehen, um zu verschnaufen. Nun, ich hab' durchgehalten, so lange ich konnte, doch eines Tages seh' ich sie mit vollen Armen vorbeikommen und stehenbleiben, um sich gegen den Zaun der Babbits zu lehnen. Da bin ich hinausgerannt, hab' ihr die Pakete abgenommen und sie ihr nach Haus getragen. Danach bin ich wieder heim und hab' kein einziges Wort mit ihr gesprochen, obwohl sie ganz fürchterlich mitleiderregend nach mir gerufen hat. Tja, in derselben Nacht hab' ich mich mit einer Erkältung hingelegt und war zwei Wochen lang wirklich schwer krank. Mrs. Babbit hatte gesehen, wie ich hinausgelaufen war, um Luella zu helfen. Sie kam vorbei und sagte, ich würde deswegen sterben. Ich wusste nicht, ob das stimmte oder nicht, doch ich dachte, dass ich Erastus' Frau gegenüber richtig gehandelt hatte.

"That last two weeks Luella she had a dreadful hard time, I guess. She was pretty sick, and as near as I could make out nobody dared go near her. I don't know as she was really needin' anythin' very much, for there was enough to eat in her house and it was warm weather, and she made out to cook a little flour gruel every day, I know, but I guess she had a hard time, she that had been so petted and done for all her life.

"When I got so I could go out, I went over there one morning. Mrs Babbit had just come in to say she hadn't seen any smoke and she didn't know but it was somebody's duty to go in, but she couldn't help thinkin' of her children, and I got right up, though I hadn't been out of the house for two weeks, and I went in there, and Luella she was layin' on the bed, and she was dyin'.

"She lasted all that day and into the night. But I sat there after the new doctor had gone away. Nobody else dared to go there. It was about midnight that I left her for a minute to run home and get some medicine I had been takin', for I begun to feel rather bad.

"It was a full moon that night, and just as I started out of my door to cross the street back to Luella's, I stopped short, for I saw something."

Lydia Anderson at this juncture always said with a certain defiance that she did not expect to be believed, and then proceeded in a hushed voice:

"I saw what I saw, and I know I saw it, and I will swear on my death bed that I saw it. I saw Luella Miller and Erastus Miller, and Lily, and Aunt Abby,

Ich denk', in jenen letzten zwei Wochen ist es ihr wirklich sehr schlecht gegangen. Sie war ziemlich krank, und soviel ich erfahren konnte, hat niemand gewagt, in ihre Nähe zu gehen. Ich weiß nicht, ob sie wirklich dringend etwas gebraucht hätte, denn in ihrem Haus gab es genug zu essen und es war warm draußen. Sie hat sich auch damit beholfen, sich jeden Tag einen kleinen Mehlbrei zu kochen, doch sicher hatte sie es schwer, wo sie doch ihr ganzes Leben lang so verwöhnt und umsorgt worden war.

Eines Morgens, als ich so weit genesen war, dass ich das Haus verlassen konnte, bin ich hingegangen. Mrs. Babbit war kurz vorher bei mir gewesen, um zu erzählen, dass sie keinen Rauch gesehen und sich gefragt hätte, ob nicht doch jemand die Pflicht habe, vorbeizuschauen, aber sie müsse einfach an ihre Kinder denken. Da bin ich sofort aufgestanden, obwohl ich schon zwei Wochen lang nicht mehr ausgegangen war, und bin hin. Und Luella lag da auf dem Bett und starb.

Sie hat noch den ganzen Tag und bis in die Nacht durchgehalten, doch ich hab' bei ihr gewacht, nachdem der neue Doktor gegangen war. Niemand sonst hat sich dorthin gewagt. Gegen Mitternacht hab' ich sie eine Minute allein gelassen, um nach Hause zu laufen und eine Medizin zu holen, die ich in letzter Zeit einnahm, denn ich begann mich immer schlechter zu fühlen.

In jener Nacht war Vollmond, und gerade als ich aus meiner Tür trat und über die Straße zurück zu Luella wollte, bin ich zurückgeschreckt, weil ich etwas gesehen hatte.«

An dieser Stelle sagte Lydia Anderson immer mit einem trotzigen Unterton, sie erwarte nicht, dass ihr jemand glaube, um dann mit gedämpfter Stimme fortzufahren:

«Ich hab' gesehen, was ich gesehen hab', und ich weiß, dass ich es gesehen hab'. Auf meinem Totenbett werd' ich schwören, dass ich es gesehen hab'. Ich hab' Luella Miller und Erastus

and Maria, and the Doctor, and Sarah, all goin' out
of her door, and all but Luella shone white in the
moonlight, and they were all helpin' her along till
she seemed to fairly fly in the midst of them. Then
it all disappeared. I stood a minute with my heart
poundin', then I went over there. I thought of goin'
for Mrs Babbit, but I thought she'd be afraid. So
I went alone, though I knew what had happened.
Luella was layin' real peaceful, dead on her bed."

This was the story that the old woman, Lydia Anderson, told, but the sequel was told by the people
who survived her, and this is the tale which has become folklore in the village.

Lydia Anderson died when she was eighty-seven.
She had continued wonderfully hale and hearty for one
of her years until about two weeks before her death.

One bright moonlight evening she was sitting beside a window in her parlour when she made a sudden exclamation, and was out of the house and
across the street before the neighbour who was taking care of her could stop her. She followed as fast as
possible and found Lydia Anderson stretched on the
ground before the door of Luella Miller's deserted
house, and she was quite dead.

The next night there was a red gleam of fire
athwart the moonlight and the old house of Luella
Miller was burned to the ground. Nothing is now
left of it except a few old cellar stones and a lilac
bush, and in summer a helpless trail of morning glo-
ries among the weeds, which might be considered
emblematic of Luella herself.

Miller gesehen, und Lily, und Tante Abby, und Maria, und den Doktor und Sarah. Alle sind sie aus ihrer Tür gekommen, und außer Luella haben sie alle weiß im Mondlicht geleuchtet, und alle haben ihr über den Weg geholfen, bis sie fast zwischen ihnen zu fliegen schien. Dann ist alles wieder verschwunden. Eine Minute lang stand ich mit klopfendem Herzen da, dann bin ich hineingegangen. Erst wollte ich Mrs. Babbit holen, aber dann hab' ich gedacht, dass sie bestimmt Angst haben würde. Also bin ich allein gegangen, obwohl ich wusste, was geschehen war. Luella lag ganz friedlich und tot auf ihren Bett.»

Dies war die Geschichte, die jene alte Frau, Lydia Anderson, erzählt hat, doch die Fortsetzung kommt von den Leuten, die sie überlebt haben, und das ist die Geschichte, die in der Stadt zur Legende wurde.

Lydia Anderson starb mit siebenundachtzig. Bis ungefähr zwei Wochen vor ihrem Tod war sie für ihr Alter immer wunderbar gesund und munter geblieben.

An einem mondhellen Abend saß sie am Fenster ihres Wohnzimmers, als sie plötzlich aufschrie. Bevor die Nachbarin, die sich um sie kümmerte, sie aufhalten konnte, war sie schon aus dem Haus heraus und über die Straße. Die Frau folgte ihr, so schnell sie konnte, und fand Lydia Anderson auf dem Boden vor Luella Millers verlassenem Haus liegend – sie war tot.

In der nächsten Nacht überlagerte ein roter Feuerschein das Mondlicht, und das alte Haus von Luella Miller brannte ab bis auf die Grundmauern. Heute ist nichts mehr davon übrig außer ein paar alten Kellersteinen, einem Fliederbusch und im Sommer einer unbeholfenen Spur von Purpurwinden zwischen dem Unkraut, die man vielleicht als Symbol für Luella sehen könnte.

Schöne Frauen, die den Tod bringen. Gespenstische Frauen, die Angst und Schrecken verbreiten, die andere in den Wahnsinn oder ins Verderben locken: Die vier Erzählungen in diesem Band sind Schauer- oder Gespenstergeschichten, ein Genre, dessen sich im 19. Jahrhundert auch arrivierte Autoren bedienten, darunter auffallend viele Schriftstellerinnen. Die oft als Auftragsarbeiten für Zeitungen und Zeitschriften geschriebenen Erzählungen waren eine willkommene Verdienstmöglichkeit für diese Autorinnen, die nicht selten vom Schreiben lebten oder Familien zu versorgen hatten. Gleichzeitig bot ihnen die Schauergeschichte mit ihren übernatürlichen Elementen die Möglichkeit, Themen anzusprechen, über die Frauen im prüden, moralinsauren viktorianischen Zeitalter zu schweigen hatten. Sie konnten ihre Träume und Alpträume artikulieren, die dunklen Seiten ihrer Seelen anklingen lassen und hinter dem Gerüst der spannenden, gut konstruierten Story Kritik üben an den herrschenden Rollenmustern, den Konzepten von Liebe, Ehe und Partnerschaft. Trotzdem sind diese Texte weitaus mehr als nur Vehikel für bestimmte Botschaften, genauso wie sie mehr sind als mit billigen Gruseleffekten operierende Unterhaltung.

Die Autorinnen dieses Bandes waren allesamt vielseitige und anerkannte Schriftstellerinnen. Bevor Elizabeth Gaskell (1810–1865) auf Anregung von Charles Dickens ihre erste Gruselgeschichte schrieb, hatte sie sich mit Romanen wie *Mary Barton* und *Norden und Süden*, in denen sie sich mit sozialen Problemen auseinandersetzt, längst einen Namen gemacht. Die äußerst produktive Amelia B. Edwards (1831 bis 1892) schrieb Reiseliteratur, historische Sachbücher, Lyrik, Romane und eine ganze Sammlung Gespenstergeschichten.

Edith Nesbit (1858–1924) war in England vor allem als Kinder- und Jugendbuchautorin bekannt und beliebt, und Mary Wilkins Freeman (1852–1930) gilt als eine der wichtigsten amerikanischen Schriftstellerinnen des 19. Jahrhunderts, die mit ihren in Neuengland spielenden Geschichten und Romanen einen wesentlichen Beitrag zur sogenannten «local colour»-Bewegung leistete.

In den Gespenstergeschichten dieser Autorinnen geht es um Frauen, die Opfer und Täter zugleich sind. Wie eine Vampirin saugt Luella Miller die Lebenskraft aus Männern und Frauen, die sich von ihrer vermeintlichen Hilflosigkeit beeindrucken lassen und sie bis zur Selbstaufgabe umsorgen. John Charrington, der selbstbewusst und überheblich «immer alles bekam, was er wollte, genau, wann er es wollte», bekommt auch die schöne, von allen begehrte May Forster, allerdings zahlt er mit dem Leben dafür. Harcourt Blunt irrt halb wahnsinnig vor Liebe zu einer schönen, aber längst verstorbenen Jüdin durch Venedig, und in der «Geschichte der alten Amme» kommen weder Tote noch Lebende zur Ruhe, da das Unrecht, das einer vom Vater verstoßenen, alleinstehenden Frau und Mutter geschah, gesühnt werden muss.

Die Frauenfiguren in diesen Erzählungen sind mysteriöse Erscheinungen, die gerade durch ihre weibliche Schönheit und Schwäche gefährlich werden. Sie nehmen Rache an einer Gesellschaft, die sie demütigt und entmündigt, ob als Waisenkind, verstoßene Tochter oder Dienstmädchen, als Jüdin in einem christlichen Umfeld oder einfach als Frau in einer von Männern dominierten Welt. Diese Doppelbödigkeit, mit der dem Leser eine frühe feministische Botschaft nahegebracht wird, zeugt zusammen mit dem psychologischen Feingefühl und der perfekten Erzählkunst vom literarischen Rang der hier vorgestellten Autorinnen.                          A. R.

Ein Verzeichnis aller Bände der Reihe dtv zweisprachig
wird auf Wunsch vom Verlag zugesandt.
Deutscher Taschenbuch Verlag
Friedrichstraße 1a, 80801 München
zweisprachig@dtv.de